中国诗人

刘湘
著

灯火清谈

DENG
HUO
QING
TAN

北方联合出版传媒（集团）股份有限公司
春风文艺出版社
·沈 阳·

图书在版编目（CIP）数据

灯火清谈 / 刘湘著. —沈阳：春风文艺出版社，
2018.1（2021.1重印）
（中国诗人）
ISBN 978-7-5313-5197-9

Ⅰ.①灯… Ⅱ.①刘… Ⅲ.①诗词—作品集—中国—
当代 Ⅳ.①I227

中国版本图书馆CIP数据核字（2017）第301937号

北方联合出版传媒（集团）股份有限公司
春风文艺出版社出版发行
http://www.chunfengwenyi.com
沈阳市和平区十一纬路25号 邮编：110003
永清县晔盛亚胶印有限公司印刷

责任编辑：韩 喆　　　　　　责任校对：陈 杰
装帧设计：琥珀视觉　　　　　幅面尺寸：125mm × 195mm
印　张：5.5　　　　　　　　 字　数：105千字
版　次：2018年1月第1版　　 印　次：2021年1月第2次
书　号：ISBN 978-7-5313-5197-9　定　价：45.00元

总　序

　　中国是诗的国度。千百年来，人们沐浴在诗歌传统中，传诵着一代又一代诗人写就的经典之作。而伴随着现代社会和互联网的发展，信息的传播和接受更加便捷，诗歌的阅读与创作方式也在潜移默化中被改变，在信息量无限扩大的互联网世界，远离喧嚣、静赏诗意显得尤为珍贵。

　　中国诗歌网正是在这样的背景下应运而生。作为国家重要文化工程，中国诗歌网以建立"诗人家园，诗歌高地"为宗旨，迅速成为目前国内也是世界诗歌类互联网专业出版平台和中国诗坛最具权威性和影响力的文学阵地之一。

　　互联网时代诗歌创作的便捷激发了一大批诗歌爱好者与诗人的创作热情，他们在公交车上写诗，在工作间隙写诗，他们创作的诗歌作品贴近现实与生活，在追求好诗的道路上不断前进。春风文艺出版社有着久远的诗歌出版史,《朦胧诗选》和《汪国真诗词精选》曾一度畅销。近两年,出版社一直致力于打造优质诗歌的品牌。本着推介中国当代诗人的原则,中国诗歌网与春风文艺出版社决定联合推荐出版"中国诗人"诗丛,共同打造"中国诗人"这一诗歌新品牌。该诗丛计划出版百部优秀诗集,在注重诗歌质量的同时,力求结合互联网与传统出版的优势,通过直观的文本呈现向读者介绍一批热爱诗歌、坚持诗歌创作的诗人,以期汇集中国当代诗歌优秀成果,展示当代诗人的创作实绩与创作风貌。

作为国家文化工程的中国诗歌网,推出"中国诗人"诗丛,也是在整个民族复兴的伟大进程中展示中国人崭新的精神风貌。因此,我们在百花齐放的诗坛,特别关注有家国情怀的厚重力作,提倡来自生活的独特发现,鼓励创新探索的艺术精品,推崇高雅纯真的诗情意趣。我们希望这套"中国诗人"丛书是体现诗坛正能量,能够引人向上、向善、向美的各种诗歌佳作。

我们满怀期待,我们也真诚希望广大诗人和诗歌爱好者关注这套诗丛,与诗同在,我们为此感到自豪和幸福。我们期待更多的诗人加入我们这套丛书,我们也期待这套丛书走进更多读者的心田!

叶延滨

2017 年中秋前夕于北京

序

　　刘湘，湖南省长沙市人，70后，毕业于湖南师大装潢美术专业，本科学历。定居广州，从事旅游策划工作。现任某上市公司旅游板块总经理。曾任深圳某旅游集团副总，因工作关系在揭阳市揭西县工作近4年，负责京明度假村等旅游企业的市场工作。我和她是忘年之交，认识她是由于棉湖镇几个诗友的介绍，大家以诗而聚，以诗而交。我和刘湘更多的交流是在QQ上，2014年12月至隔年3月份，我在工作之余，每天会抽出2个小时，或是写诗，或是看她发来的诗，一起修改，讨论字句、立意等，互相挑毛病，互相"攻击"，毫不客气，她称我是"老夫子""老学究"，我则称她是"三湘才女"，讨论激烈各执己见时我会给她两个字："倔驴"，她会回我一句："呆瓜"。以后，因我工作实在太忙，才停止了写诗以及和她的讨论。她现在要出诗选，找我为她写序。我就凭一个诗友的身份，来写这个序言。

刘湘是一个才思敏捷的诗人，她用"灯火"的网名，在网上发表了大量的诗词，至今已达1280首之多。在刘湘的诗歌中，我看到了中国诗学博大精深的影子。她的诗，形象优美，意境如画，语言隽永，真情实意，观察细腻，奇思妙想，佳句迭出，余韵袅袅，具有极好的文学素养，承继了传统诗词的精髓，体现了中华诗学的主流特色，在当代中国诗坛上实在不可多得。她是我见过的最有才情的女子之一，在我的眼中，她的诗无论从数量、质量上来看，一点也不比古代的女诗人如李清照、朱淑真等的诗逊色。在我所看过的当代诗坛浮出水面的诗词女作者中，她亦是其中的佼佼者。

　　刘湘诗歌中笔触所及的内容，大致有咏景诗、咏怀诗、咏物诗、咏史诗，有为时事而作的感事诗，有与诗朋好友相互往来的唱和诗等。在体裁方面则囊括绝句、律诗、排律、古风和词等，每一类都佳作层出不穷。她是一个与诗为伴，以诗为心，以诗为生命，用心来写诗的真正诗人。她笔下反复出现这样的表白："好月来仪不在圆，为余长照笔中田。境唯高淡能容我，思正飘萧可涉川"（《排律·好月来仪》）。"别有天地能容我，文字与神游"（《武陵春·日记》）。"一川秋水逝如斯，常在梦中蕴藉醒来诗（《虞美人·栖迟》）。""吟魂诗有约，心路笔为家（《临江仙·小雅》）。""将此皮囊，作了诗囊"（《一剪梅·风凉》）。"唯有笔峰从幻化，时钓月，正耕云"（《江城子·浓荫》）。"乍寒天气，洒黄花黄叶，以诗为地"（《念奴娇·嘱》）。

"趁明月，掬行云流水，浣洗诗肠"（《声声慢·三月》）。"襟袖清如水，诗思淡于秋"（《水调歌头·淡于》）。"幽欢旧赏，裁云剪月，补我诗囊"（《玉蝴蝶·有美清扬》）。乃至《烛影摇经·青青草》的："流年遗稿，客旅工愁，诗心易老"。

刘湘诗中有一股倔气、豪气、大气，诸如"赴义轻生死，敢托项上头。荆柯喋血处，岂是为封侯"与李清照的"生当作人杰，死亦为鬼雄。至今思项羽，不肯过江东"相比，可相伯仲。像"恰长风，片月如舟，我欲乘潮"（《高阳台·乘潮》），可谓豪气不减须眉。像"浣彼长天月，山川万叠纱"（《五绝·月》），诗思不可不说大气。其《五言排律·月》，从"浮云起天末，素月泻银光"写起，述及尧舜汉唐，文明旷远，最后以"念兹徒瘦损，千载独彷徨"终篇，意境开阔，豪气感人。在不少诗篇中，她还表达了对于国事民生的关注。一个女子有忧国忧民之心，有先天下之忧而忧的胸怀，能够刚柔相济，是很难得的。

刘湘的诗除有特别的巾帼豪气外，主调特别缠绵感人，十足女性的细腻与巧妙。她描情写怀，洁净精微，婉约曲致，至深至切，使人生怜，使人生爱，伤感处使人有锥心之痛，为之婉叹，为之牵怀，为之共鸣。例如《行香子·寒云以外》："世态交加，人事乘除。问离愁、君亦然乎？寒云以外，素月之初。怎梦中见，心头有，眼前无。 一般俊物，当时骄子。叹如今、何处归欤？几行小字，半卷闲书。已隔三秋，分两地，不同途。"《行香子·非恋红尘》:"非恋红尘,却堕红尘。又同君,两处沉沦。命中定数,无果之因。论达于情,擅于忘,不如人。"《五律·梧叶》:"一念曾缘木,半生如守株。谁知人去后,心与叶同枯。"《五律·纪怀》:"星河悬永夜,风露立中宵。"《七律·题落杏图见赠》:"杏林多少回春手,唯有情深不自医。"《七律·手把黄花》:"君在他乡应念我,我于此刻正思君。"《七律·西风》:"有种秋声听不得,西风落叶满家山。"《柳梢青·平芜》:"任事成空,随缘未了,连梦都无。"《临江仙·藕末》:"念从痴处起,缘在静中消。……最难平复是心潮。来如春雨骤,去与白云遥。"《行香子·小除夕》:"怕再生缘,连环劫,不饶人。"《行香子·棋》:"总思前后,分南北,散东西。"《行香子·灯燃》:"怅有情人,无限事,不堪言。……向未央天,无准梦,一灯燃。"《酷相思·风岸》:"今世也,无由见;来世也,无缘见。"《凤衔杯·相欠》:"是相欠,才相见。"《江城子·浓荫》:"寻常世味是轻分。不留君,不留春。"《念奴娇·缺月》:"心期如月,觉来长是亏缺。"《玉蝴蝶·婵娟》:"别梦宽长,转身容易住心难。叹今世、已成故事;料来生、各有新欢。"……每当我的心弦被她的诗所拨动震颤时,我仿佛看到这盏灯火——人间的一束微光,在黑夜里簌簌跳动,直到油尽灯灭。我常会萌生一个想法:我宁愿看不到那些感伤世界中刻骨之痛的字眼,我衷心希望世人不再有类似的深心隐疼,希望人间不知愁字如何写!

刘湘的诗也擅于描画自然风光，她笔下的自然风光，是一种白描，是一种真善美，也是一种美的组合和联想。"千古风流，只为山水折腰"（《高阳台·乘潮》），这是她的宣言。《蝶恋花·涯岸》："深树浓岚莺语唪。虚壑风来，隐约湖心颤。水影天光频顾盼。繁漪渐向云边散。　寒色偏宜青眼看。半阕清词，一唱还三叹。手撚山茶花欲绽。黄昏人在春涯岸。"这简直就是一幅画。同是花草，她写的春天的花草就是不一样："草正离离其倩矣，华之灼灼彼秾兮"（《浣溪沙·春》）；夏至的花草是："悄随花影落，静与绿荫成"（《五言排律·夏至》）；雨中的花草是："细雨揉蓝草色深"（《七绝·梅子》）；她还把草与草圣怀素的草书联在一起："野草疏狂怀素笔"（《排律·开豁》）。我常想，她特别长于描景，可能和她曾学过美术有关。

形象化是诗的生命，刘湘的诗形象化非常好，她往往因景生情，对物兴思，而且情景相生，水乳交融。她能把最枯燥的东西写活。《生查子·魂》："凝睇何所思，眉上寒烟渚。婉约水之涟，翩若风之羽。手捻笔中花，载月诗中渡。遥指境中庐，道是心归处。"你看她把灵魂之旅幻化成一幅多么美妙的画图！

诗词贵在诗眼，贵在有好句、警句、精彩之句。要达到这，首先立意要高。在刘湘的诗中，多奇思巧想和创意，往往佳句叠出。《五律·秋雨》："湖山宽著我，客梦窄同谁。"《五律·纪怀》："悲欢因泪没，岁月以潮吞。"《七律·夜雨》："草木何曾因我异，溪山无恙为谁妍。"《七律·诗隐》:"云本无心轻外物,人如有待是何年?"《排律·大雪》:"且向银河支素浪,为之一洗世间埃。"《朝玉阶·寒月》:"江洲云不语,似观棋。"《风入松·杨花》:"细看三分轻薄,深藏一世柔情。"《声声慢·梅溪》:"向晚吹云为絮,瘦月成弧。"《水调歌头·秋响》:"大梦何须醒,沧海我曾经……片月无知己,千载只孤行。"《水调歌头·清写》:"流水横千古,我独滞于今"。《水调歌头·遗音》:"微身托时运,末路问初心……百虑余茶味,万象隔桐阴。"《玉蝴蝶·早春》:"任烟云,覆翻如掌;历风雨,点滴于心。"《玉蝴蝶·有美清扬》:"遣胸次,一抔白雪;却吟作,两鬓星霜。"《沁园春·烹》:"尺幅容量,寸心律度,没世无名却有情。"《沁园春·聆》:"纵与二三子,渐行渐远;余千万绪,弥久弥深。……同谁说,证云心无我,云我无心。"《沁园春·覆》:"论寒从根起,何须把脉;情于别后,只合观棋。"《沁园春·漆园》:"笑尘间骨相,元非本有;胸中气象,不在他求。"《贺新郎·清夜》:"泉石盟,湖山约,待霜花露叶都消谢。"这样的好句俯拾皆是,也是使人倾倒的一个重要原因。

刘湘的诗是飘然奇思和自然流畅的统一。飘然奇思本身也是一种艺术风格,往往与自然流畅相辅相成。一方面,她诗中的意象跳跃性强,多意识流的手法,诗中的情景有时飘忽不定,语句多意象闪烁性,意蕴含蓄,语句高雅,情景跌宕,穿插横生,其穿插也常包含虚实的相间,彼此的交叉,错综成篇,给人留下广阔的想象空间，这样常可以避免根据逻辑关系、因果关系而出现较呆板的简单诗句组合。她认为诗歌有部分创作意图，是靠读者自己完成的，作者尤需见好就收。这种飘忽、闪烁、模糊、似是而非的"朦胧美"，在某种意义上说来，也正是诗歌这种特殊文学形式的特点之一。

刘湘较重视用典，诗中用典不少，而且用得较自然，无斧凿痕，她善于搜集、运用一些同类的典故，连用数个而成一典故链，来递进说明问题，加强意念。对《诗经》《易经》《庄子》等古籍及一些佛教宗论较善采纳，对唐诗宋词中一些前人的用典甄别去取较精，例如：《七律·两江湖》："千古诗才唯有白，一时俊物既生瑜。"《行香子·北风初》："料迹如鸿，身似蝶，子非鱼……正南山下，东篱畔，北风初。"《木兰花慢·初秋》："值今秋多事，谁人指鹿，何处亡羊。"《水龙吟·中秋》："叹物华吹渐，惹欧阳叹，子渊赋，青莲醉。"《水调歌头·清写》："萤生草，莺迁树，鹤在阴。"《水调歌头·诗境》："伯牙琴，江郎赋，宋玉襟。"《沁园春·虚棂》："纵褐衣之往，独怀恻恻；青衫为湿，相惜惺惺。"《沁园春·覆》："与天地，共红装素裹，岂曰无衣。"《沁园春·静缘》："拟学陶潜，自甘心远，何妨地偏。……趁黄粱未熟，耽槐蚁梦；青灯半灺，问野狐禅。"《虞美人·观心》："渐修般若几重天，放下前生后世且随缘。"

刘湘对各种诗歌技巧掌握纯熟，且敢于独辟蹊径，继承传统再加以创新。《七律·莲子》："寸心深处何仁

（人）在?"这是谐音。《五言排律·悼杨绛先生》:"素知心不二,长说我们三",《行香子·坠叶纷纷》:"当前是妄,往日非真,看这些年,这些事,这些人",这是效法宋词以俗语入词曲的传统及创新。

刘湘写了不少排律诗,是女诗人中敢于向排律挑战的勇者。我们知道,排律对仗多,驾驭困难而斧凿痕重,要写好特别不容易。我通常都退避三舍。而刘湘的排律可以说是成功的,往往以巧对胜,一气呵成,又自然又巧妙。

刘湘的诗生气蓬勃,华丽炫目,文采好,才思好,因其描绘之美妙,寄意之高远,使人阅后油然而生向往赞叹之心,赏心悦目,这种向往通常是升华愉悦之感而非负重之困,是正能量,是美的享受。从刘湘的诗中,我也学到不少东西,起码使我彻底超脱旧时代带来的一些保守观念。我从心里感谢她给我们带来的春风化雨。这个选集只是刘湘诗的一部分,我们祝她从此更上一层楼,诗歌的造诣越来越精,佳作越来越多,道路越走越宽广,也希望读者和我有同感,开卷有益,各有所得,不虚此行。

黄凡

2017年7月1日于棉湖

目　录
CONTENTS

上卷　灯火诗

目　录
CONTENTS

目　录
CONTENTS

目　录
CONTENTS

目　　录
CONTENTS

目　录
CONTENTS

目　录
CONTENTS

目 录
CONTENTS

目 录
CONTENTS

下卷 灯火词

目　录
CONTENTS

目　录
CONTENTS

目　录
CONTENTS

目　录
CONTENTS

目 录
CONTENTS

目　录
CONTENTS

目 录
CONTENTS

目　录
CONTENTS

目　录
CONTENTS

上　卷

灯　火　诗

怀 古

赴义轻生死，敢托项上头。
荆轲喋血处，岂是为封侯。

麻 雀

轻羽穿林隙，追飞朝与夕。
休言脏器小，终不为人役。

月

浣彼长天月，山川万叠纱。
素娥河汉上，谁与共仙槎？

听 花

风细浅生萍，落花檐下听。
雨声长悱恻，等是惜飘零。

空 冥

月泻石梁上，云停松壑边。
秋风高且淡，天籁若绵绵。
自在归林鸟，清泠出涧泉。
其间有真意，不得到君前。

西风生大野

西风生大野，白露下高天。
烁烁星流岸，明明月到船。
嚼来凉似水，在望默如渊。
故事街灯里，纷纷灭或燃。

梧 叶

片月随秋堕，寒声夜滴梧。
苟全霜露后，能避斧斤乎。
一念曾缘木，半生如守株。
谁知人去后，心与叶同枯。

疏　蝉

疏蝉咽暑气，风日蹙云鳞。
落照窥幽树，秋心过白蘋。
波光何澹淡，句逗小清新。
相看潭中影，疑为隔世人。

江　月

清辉天一隅，倒影落江湖。
时与好风送，长同白浪俱。
本心生静慧，灵气接虚无。
问此壶中玉，为谁掌上珠？

白　露

一剪清秋半，裁成白露圆。
灯窗檐下竹，水槛影中天。
行也旦复旦，思之眠不眠。
西风知别苦，不拭泪痕鲜。

今 夕

今夕花才谢，明宵月又团。
微身从汩没，大地渐荒寒。
步入林蹊窄，愁牵日夜宽。
溪云容一剪，聊补客衣单。

虚 窗

虚窗残暑退，一叶带秋来。
清听竹间露，寒生雨后苔。
西风毋少待，客念杳难裁。
蓦地吹愁去，浓岚化不开。

秋 雨

秋草正离离，凉风动竹枝。
湖山宽著我，客梦窄同谁。
须纵陶潜酒，来销宋玉悲。
穿林千点雨，都是去年诗。

秋 阴

路转蝉声咽，秋阴接翠微。
斜川明远映，骤雨落余飞。
南浦荷将老，东篱菊已非。
西风吹片影，应有梦先归。

桂 风

风香行到桂，蛮语远相呼。
影乱二三树，心摇一岸芦。
清波磨片月，微雨点平湖。
今夜荷锄去，能收佳句无。

清 圆

信步溪山下，游心草木边。
叹花风窈窕，漱月水回旋。
眼底大无界，讴中小有天。
思君随妙转，滴滴到清圆。

纪怀三首

其　一

天道无圆缺，生涯本寂寥。
星河悬永夜，风露立中宵。
终见陵成谷，何须鹊作桥。
但凭舟一叶，能渡古今潮。

其　二

静看花开落，纷如陌上尘。
轻清吟水调，淡白忆风神。
谁遣杯中物，来浇局外人。
宁知心去住，诗与梦为邻。

其　三

黄昏天欲坠，疾雨挟雷奔。
流润从林际，分甘及草根。
悲欢因汩没，岁月以潮吞。
何物曾遗落，他年忆此痕。

龟

诗曰龟虽寿，书从洛水扬。

文传甲中字，图演腹间章。

八卦四肢载，九宫一背当。

吉凶天授意，休咎与之详。

吐纳循时气，升沉自有方。

可贞缘谨慎，利涉更思量。

阅世唯无语，悠然是道藏。

虱 蚤

寄身如虱蚤，欲念暗包藏。

恣意共行止，饕餮飨膏粱。

妄求乎外物，中饱在私囊。

庶几传三代，济济同一堂。

荣卫附皮相，风月假道场。

天地独不仁，予夺擅摧伤。

存亡既转瞬，面目已更张。

魂居形骸里，终归太虚方。

无名随聚散，顺势竞翱翔。

淳和通元始，忧乐两相忘。

入世染浑浊，肇迹堕清扬。

取用添奢望，嗜好惹灾殃。

孰能轻得失，毋受诸锁缰。

余藉此微小，喻之以贪赃。

清　瓯

风度中孚泽，烟迷未济舟。

汀洲微雨过，村落绿荫稠。

林麓淡将夕，潺湲近可收。

野云同静好，江月共诗流。

人在红尘老，心常物外游。

扶摇飞鸟去，天地一清瓯。

月

浮云起天末，素月泻银光。

俯仰若为拾，清辉在我旁。

分施均物类，流润及遐方。

运化唯潜默，升沉自有常。

虚盈随节度，阴晦竞韬藏。

德泽承尧舜，风华轶汉唐。

江山于表里，传祚以沧桑。

冷眼观时务，冰心剩薄凉。

文明之旷远，履道更悠长。

不意超尘外，终难与世忘。

念兹徒瘦损，千载独彷徨。

雨　水

林壑迭阴晦，层峦遥在瞩。

两三黛影浮，一二寒烟束。

湿雨草芽黄，环溪茶叶绿。

泉源澄可窥，蹊径净如沐。

碧藓隐牵连，繁花自相续。

泠泠清籁引，测测凉风触。

生发恰逢时，周流为所欲。

虽惭梦难赎，甚幸词非俗。

多少事如棋，只堪随手覆。

迟留物外心，去逐山之麓。

夏　至

云物滋风末，流光似水清。

悄随花影落，静与绿荫成。

远岱青螺秀，前溪玉镜泓。

荷衣垂宿露，蕙带弄新晴。

三品松间坐，七贤竹下行。

树高蝉正噪，林密雀相争。

涉世孰为重，持心何所轻。

未能逃俗网，难得濯尘缨。

渐悟枯荣数，均含造化情。

无由留昼永，夏至一阴生。

牡　丹

名冠百花谱，吟咏遍缇缃。

造化殊优渥，栽培近玉堂。

朱砂匀魏紫，烟墨湿姚黄。

晓坠檀心露，春含粉蕊霜。

雍容倾国色，幽馥满城香。

上苑恃标格，东君耐品量。

一时风委地，彻夜雨鸣廊。

莫引清平调，美人须断肠。

我有一壶酒

题记：2016年2月，有网友在微博上发出这句"我有一壶酒、足以慰风尘"征集下文。

我有一壶酒，足以慰风尘。

自省从前事，空疑梦里身。

消凝当此日，着手为谁春。

天地逆行旅，沧桑易主宾。

知交长契阔，举涉倍艰辛。

孔孟道将废，唐虞俗不淳。

礼凋诚已失，时弊德无邻。

追慕石崇富，讥嘲颜子贫。

夙难投世好，毋愿改吾真。

去路修而远，思怀悲且嗔。

只凭书做伴，唯托笔传神。

沙际横云暗，江洲过雨频。

川流何太速，俱是未归人。

唯不忘相思

野草碧如丝，光风将染时。

岚烟迷远道，梨雪覆低枝。

流水去何疾，飘萍任所之。

韶华催我老，江海识君迟。

缘劫常依倚，人生足别离。

徒劳青眼顾，空许白头期。

恩怨莫须有，炎凉只自知。

游踪应未定，世路愈多歧。

疏略新成癖，惘然几近痴。

万般能放下，唯不忘相思。

致 考 生

题记：2016年6月为侄女肖一临参加高考所作。

造化钟灵秀，推陈以出新。

轻帆先破浪，嘉木竞为春。

前路其修远，寒窗多苦辛。

炎凉时勉励，笔墨日相亲。

久立程门雪，遥迁孟子邻。

成才当济世，明德务求真。

事必趋高格，能无负此身。

凤鸣将振羽，鱼跃化翔鳞。

莫道重山阻，凌云自有人。

盂兰节

大火西流去，秋云黯落晖。

古今同恻恻，天地共依依。

过草疏萤下，沾衣白露微。

那堪仍辗转，消受此暌违。

岁月情犹在，阴阳事已非。

唯余思欲绝；瞻彼梦来归。

未竟悲欢路，长参造化机。

无言尘劫里，相看纸灰飞。

悼杨绛先生

履善风无住，明明月落潭。

百年为逆旅，一瞬谢优昙。

去矣天之北，归欤江以南。

青梅资秀实，翠竹隐重岚。

造化煎何急，纯淳性未谙。

危时曾共济，志业亦分甘。

案几充新译，芸窗叠旧函。

兰芽深惠泽，桃李瑞光含。

伉俪道相契，从容味可参。

守谦唯品立，抱朴与书耽。

且淡生前事，自清身后谈。

素知心不二，长说我们三。

写在母亲节

今夕是何夕，思怀自黯然。

凉云浮世外，苍月挂檐边。

风物庭中撼，容光镜里迁。

慈恩深别后，奉养愧生前。

去鹤嗟难及，归鸿望不旋。

宁知诗笔滞，为羡彩衣鲜。

人贺母亲节，我拈香火缘。

寸心同草木，长恨隔天渊。

枕上十年雨，可曾滴到泉？

诗 俦

何必识荆通姓字，且从诗境辨风云。
灵山应是旧知己，一树梅开一见君。

清 明 雨

暖律难温别梦寒，子规声咽路千盘。
纷纷扑面清明雨，天上人间泪不干。

珠 落

珠落泠泠暮与朝，揉风独泄广陵潮。
何须古调今人赏，触到心弦桐已焦。

梅 子

细雨揉蓝草色深，枝头繁绿醉花阴。
谁凭数点青如玉，记得凌寒一片心。

杜 鹃 花

唤醒东风梦未圆，桑田野草湿青烟。
乡心不死犹啼血，万里春山染杜鹃。

海 棠

淡抹浓妆各主张，东风格调是清扬。
海棠为有胭脂色，一树无香也自芳。

柳

万缕千丝伴路旁，桨声帆影乱斜阳。
行人自古轻离别，忍折缠绵一念长。

红　叶

题记：和老鹰红叶诗。

含霜浥露总违时，岁月深藏别样诗。
莫道丹心真似火，也应燃遍最高枝。

桃　花

细草柔条溪路弯，林藏薄翠水云间。
尘驱行旅无休止，事系人心怎得闲。
老我生平诗一句，未央风雨路千盘。
桃花开在流光里，隔着青春不可攀。

紫　荆

子规声里过清明，云底残阳落紫荆。
几簇屏山当槛秀，一衣带水对门横。
吟春笔力十分巧，步韵毫端百态生。
多少花开非自已，人间无奈作枯荣。

水 仙

时有清风慰所思，源流应近水仙祠。
云鬟何处纫兰叶，雾袂依稀倚竹枝。
迹寄林泉独栖止，心同萝月两相知。
天然韵致斯为美，欲访江皋去已迟。

杨 花

昨日繁华四顾遐，青春一路委泥沙。
但凭水势从容转，为有风情取次斜。
难免浮沉同此世，随缘去住寄生涯。
芳心轻易不相许，何故吹成满地花。

芙 蓉

有美于斯不意逢，一枝绰约为谁容。
西风禾黍迷前路，白露蒹葭问旧踪。
蚁梦无凭霜鬓改，鸥盟空许素心封。
他年花发人何去，秋在芙蓉冷处浓。

向 日 葵

注望无言引颈长，尚思夸父逐光芒。

清虚骨气能充干，得地根荄可犯霜。

率性何妨倾肺腑，立身犹重守行藏。

今生我已和盘出，并作秋阳一片黄。

莲 子

秋波回溯绕林塘，岸草披离次第黄。

夜雨西风催藕榭，芰荷余韵隐莲房。

寸心深处何仁在？个里苦衷滋味长。

惜取一枚清似水，连同明月嚼成霜。

小 菊

松间拾履不沾泥，细听潺湲月一溪。

落叶飞霜声远近，行云流水影东西。

几曾对景成新赏，总是怀人入旧题。

唯有黄花如我淡，风枝袅袅寸心低。

紫 菊

俯仰之间五味陈，九秋物色逐时新。
数枝别韵开生面，一缕微檀点绛唇。
草木形骸如我相，溪山才调寄吾真。
消凝更有会心处，同是风霜以后人。

叹 花

客路天涯去住难，春心未及折来看。
星霜两鬓时尤甚，风雨满城兴已阑。
桃径曾迷秦日月，竹林堪隐晋衣冠。
人间谁会惜颜色，一地残红扫不完。

岸 芦

白露乘秋似有无，斜阳客影落江湖。
由来冷淡非今日，骤觉疏黄到碧梧。
象外深幽心独往，途中情味与谁俱。
西风此夕清吹甚，乱舞相思一岸芦。

碧漪

小筑藏修近此间，竹阴扶绿上诗肩。
落花步履俱忘矣，回首音尘各息焉。
文藻微流香细细，碧漪尽处叶田田。
当时人物风前过，水底嫣然谁是莲。

听溪

一帘草色入眸青，枕压溪声恰静听。
淡宕应能明了了，清空谁与惺惺惺。
水花流落无根蒂，诗梦拈来是性灵。
醉里前身惊唤醒，风尘满面已忘形。

荫深

数遍春花数雨花，云踪风迹各天涯。
去随弱水三千里，没入恒河一粒沙。
聚散常因缘作祟，吟哦尚有思无邪。
用心处是囚心处，庭院荫深日影斜。

无题四首

其 一

得失宁知数有天，浮沤影里海成田。

难穷逆旅心头事，未了红尘劫后缘。

风雨不期逢陌路，云山虽好隔苍烟。

常随一片清凉月，看遍三千与大千。

其 二

久客方知行路难，星灯明灭隔云端。

频烦风雨尘非浅，淡处枯荣迹未干。

故我终须还造化，余生应不了波澜。

炎凉世态因深见，才识梅花骨里寒。

其 三

水绕郊村云绕山，何曾行履滞其间。

放怀天地寻常别，过眼风花例可删。

经久笔锋深笔力，偏多缘遇证缘悭。

遥知遗恨天难补，剪寄秦时月一斑。

其 四

梧桐滴雨叶将黄，枝上推敲诗几行。

故纸堆中扪旧梦，晚蝉声里透新凉。

无回岁月说余味，有限风烟取断章。

向晚临流追影事，斜吹清冽淡吹香。

扶 摇

扶摇一羽薄天游，水物清明湛不收。

太白诗中寻性地，老庄书里得源流。

但舒胆气能横槊，有底声华赖直钩。

吹却浮尘天更远，江湖我是忘机鸥。

寻 味

人间烟火指间弹，寻味曹溪一滴甘。

无日不从忙里度，有时独向静中参。

浮云过眼逾千万，知己投心只二三。

白露苍葭何处是，应随诗老水之南。

离 骚

题记：丙申年端午，有雨。

红尘无改是和非，古调由来已式微。
应节人从堤上散，弄潮儿在醉中归。
同谁方寸向天问，误我诗书与愿违。
尚有离骚愁未竟，横空吹作雨霏霏。

两 江 湖

看朱成碧只须臾，过客光阴百感俱。
千古诗才唯有白，一时俊物既生瑜。
笔锋载道行将远，纸上论交兴亦殊。
不信谁能风浪外，人心世路两江湖。

镜 心

浪鼓鱼天小动摇，浣花溪路若相招。
暗吹海气风千里，翠泼山头雨一瓢。
三晋楼台遗旧梦，六朝金粉敛春潮。
静中剥落繁华去，空有云心占寂寥。

转

行藏尽在是非中，积翠浓蓝望不穷。
世外风烟无我顾，笔间云梦与谁同。
将身莫问皆虚相，欲语还休只寸衷。
昨日春光何处去，应随寂寞转梧桐。

碾

水涯之外是云涯，轮碾光阴亦碾沙。
昨日滔滔归寂静，眼前种种到苍华。
微身自省终非蝶，影事悬疑竟似蛇。
未必武陵真避世，人间有梦殢桃花。

于 飞

燕燕于飞何所之，参差其羽剪云霓。
高低梁上偕形影，深浅巢边印爪泥。
拂柳穿杨轻趁梦，揉烟织雨竞相啼。
簪花人向风中立，曾被少年唤作妻。

沉 香

堆云叠絮渐成章，几撇湖山又夕阳。
蝶梦依然为我梦，诗行若得到伊行？
三千世界情多少，百岁光阴恨久长。
一晌凝思清且馥，因风吹过水沉香。

诗 余

清时入味发清扬，为惜风花作蝶忙。
宿债唯余诗未了，半生多与俗相妨。
情留后世说乌有，境向南溟接大荒。
萧瑟声中闻掷笔，秋心字字立斜阳。

飘　摇

归去来兮念未休，浮生何事耐回眸。
眼前数点雨非雨，江上几重楼外楼。
旁落天渊星是客，沉耽心镜月为囚。
飘摇此夕长风起，野水苍云欲倒流。

手把黄花

路过风纹叠水纹，平生合与白鸥群。
同蒙十丈尘无数，略比三秋瘦几分。
君在他乡应念我，我于此刻正思君。
有情一种沉香久，手把黄花细细闻。

诗　隐

长在诗中小隐天，文从流水迹从烟。
笔端幻化诚多矣，境里清扬莫不然。
云本无心轻外物，人如有待是何年？
芙蓉又发秋江上，总隔浮生一段缘。

风 怀

明月风怀未染尘，蝶衣蝉鬓相非真。
曾为彼岸花间客，来证前生梦里人。
世味平添心易老，游踪不系句长新。
笔开诗境三千界，着我青莲一叶身。

痕

纵是无声亦有痕，秋风秋叶下秋村。
端凭此际幽人致，相招古来词客魂。
时过境迁频换局，情从何起未移根。
枝头万点芙蓉泪，知向谁还雨露恩。

秋 颜

叶走榕边和柳边，黄花初见即秋颜。
时将故事从头阅，例把新诗信手删。
论及明天多紧迫，难容心地得宽闲。
当年回首白云外，欠我温柔不放还。

菩提叶上

掸去缁尘起劫尘，秋波流转物华新。
水云行脚疑前世，风露因缘感此身。
历乱三千随造化，留存一面见吾真。
情根种在无生地，我是菩提叶上人。

还　乡

暂别花城夜未收，轻车畅道下连州，
南华过境经南岳，岭上金鸡石点头。
放任乡心飞似箭，何妨春雨细如绸。
寄言故友勿相念，倦鸟归林乐自由。

诗题三味

风花月与四时夸，自得书中三味嘉。
旧事重拈心似镜，秋波一转鬓如麻。
西窗竹醉形于左，小槛梅红色到家。
瀹茗浮香诗思远，盈杯之绿及蒹葭。

获友赠杨梅奉答

向密枝头雨未干，丹砂养就缀林端。
望梅行役思消渴，怀橘生平味带酸。
句滞诗肠长不和，情壅心地久难宽。
须怜草木无言语，解作相思一样看。

致LZ

云浮山际水浮天，雨过空阶叶叶旋。
填海有心应化羽，回春无力竞啼鹃。
情于一念初萌处，识在三生未果前。
明月不知人万里，人怀明月已千年。

囚

风散东篱一槛秋，光阴暗写是清愁。
向来率性应难改，已付深心故不收。
万念同归言静默，无声且听句横流。
留君与我相看老，水月镜花各自囚。

水 榭

题记：作于揭西县京明温泉度假村。

山盘龙脊如乘势，物象清华似剪裁。
溪望湖光连岛溆，林行云影漾楼台。
一时水榭吹香过，隔岸芙蓉花正开。
煮酒烹茶无俗事，京明相约故人来。

亭 台

题记：作于揭西县大北山国家森林公园。

亭台水影两停匀，九曲廊桥缔构新。
落叶缤纷沾碧沼，游鳞隐约漾涟沦。
峰峦聚簇连河汉，云雾潜浮遮路津。
好雨时来涵晓色，北山风物最宜人。

揭西诗友聚会有感

题记：甲午年亥月二十日，幸蒙棉湖大儒黄凡先生与几位七十高龄乡贤到访，把酒言诗，相谈甚欢，以诗志之。

鸿鹄来集不辞遥，我有嘉宾美德昭。
古柏灵椿舒晚节，高山流水和云谣。
得逢知己千杯少，相对忘年百虑消。
灌顶醍醐开示后，程门立雪近中宵。

辞　岁

生发全凭造化功，诗才未必济穷通。
依然明月立涯岸，何患春风有异同。
得失无心堪上善，冥顽不改是初衷。
镜台拂拭尘埃去，吾与当年隔世逢。

暮 春

清流容与一溪烟，卉木盈窗翠盖圆。
水漾岚光收净绿，风吹雨气渍残篇。
诗成小雅愁来集，赋向离骚恨不传。
杜宇啼时春色暮，惜花人在落花前。

梅 子 雨

二十四番芳信传，韶光未必惜朱颜。
繁英在野徒深致，茂草沿溪只等闲。
一念一心株守约，三春三月到痴顽。
垂青叶底雨初过，料是梅花泪已还。

端 午 节

短假宜人忙里求，时因端午忆前修。
杯斟黄酒俗为继，粽裹深心何处投。
天纵横行抛直道，长教浊世负清流。
龙舟竞渡江波上，难载离骚一段愁。

向 秋

两三白鹭过前汀，山势绵延列画屏。

湖月能涵沉水璧，波心谁下定盘星。

千秋大梦人同我，一片浮云性与灵。

细语西风行渐远，何年何处静中听。

西 风

霜花露月渐吹阑，北雁南回人未还。

何物容留诗以外，余生只在梦之间。

时晴时雨无穷路，尘劫尘缘第几关？

有种秋声听不得，西风落叶满家山。

拾 得

拾得云龙一片鳞，风中无迹着纤尘。

梅花和雪为知己，水月当门是旧邻。

转物时唯观造化，居心处可觅天真。

眼前景致如常好，只属光阴不属人。

立冬二首

其　一

露叶霜枝檐际逢，鸿书淡远小窗封。
一川风物常投眼，无限云山了在胸。
李杜篇中销岁月，文王卦里演从容。
黄花底事成消瘦，许是情深较我浓。

其　二

客旅生涯未有涯，人随风叶又辞家。
秋冬交气蛩声歇，天水平分雁势斜。
云鬓悄然成雪鬓，劫沙依旧似恒沙。
岁华深处谁曾约，开作寒梅一树花。

小　寒

扫叶阶前又小寒，客怀寥落起无端。
疏星匝地银河近，冷月分潮野水宽。
萧散千林清有致，冲和一味淡相看。
殷勤白雪频添絮，虚掩红尘梦未阑。

除 夕

北风吹雨送霜辰，暖律潜回坐上春。

唤起鱼龙生气象，催开桃李助精神。

清时有味身长健，天地无私造化新。

灯影烟花除夕夜，今年人胜去年人。

广州飞雪

题记：2016年1月24日,受北方强冷空气影响，广州60年
来首次下雪。

岭南岁末雪漫漫，玉屑银花积渐干。

万点清愁拈不起，满城污垢蔽应难。

长忧世态催头白，细嚼生涯到齿寒。

异象奇观时一遇，无香无色淡中看。

少 年

今日莫思明日愁，青春恣意不须收。
半条破裤洪荒力，一撮黄毛非主流。
信有时光能艳遇，但期岁月被温柔。
帝吧想必未征战，俯首街旁耽手游。

同 学 会

地址姓名虽久存，多年音信未相闻。
先从肥瘦说形象，互揭短长搞气氛。
剩我牛衣增马齿，看他鹤立在鸡群。
感情深是无言处，五味交陈一口闷。

写在教师节

天地君亲与我师，殷勤化育向南枝。
启蒙刀尺教无类，解惑文章道不移。
半世清贫甘自足，五更灯火几人知。
千秋德范溯源处，须在杏坛传业时。

夜雨叠韵二首

其 一

夜雨梧桐落七弦，潇湘一曲到床边。

来淘尘世三更梦，相送春风十里船。

草木何曾因我异，溪山无恙为谁妍。

常将后事疑前事，明月天涯已隔年。

其 二

雨竹风篁促管弦，沉耽一梦武陵边。

轻分绿艾寻樵径，渐拾夭桃上钓船。

林下声名尤可尚，云旁人物足清妍。

眼前甲子经流过，只计飞花不计年。

立春叠韵四首

其 一

仄仄平平年复年，诗成依旧想当然。

青春梦付双飞燕，薤露歌吟独蜕蝉。

行看流云悬素业，笑同迟暮共华颠。

溪山是处堪留醉，只在梅花侧畔眠。

其　二

不觉新年异旧年，梅花霜鬓两皤然。
虬枝带雪癯如鹤，小萼封檀薄似蝉。
累世文章林下咏，一时风月醉中颠。
西湖举棹归流去，人在孤山深处眠。

其　三

又借春光到少年，有花相伴即陶然。
当风衣袂飘如蝶，饮露情怀说与蝉。
虽逊才思追李白，尚余醉态似张颠。
姮娥神女今何在，携手辋川图上眠。

其　四

欹枕黄粱略有年，槛前风物尚依然。
啁啾何处报春鸟，唤醒人间饮露蝉。
一向思怀无岸畔，当初理想立山巅。
江湖客路消残岁，树上花魂应未眠。

淘同韵八首

其 一

心事能轻付羽毛，浮生未许出蓬蒿。

莺声呖呖于空谷，鹤唳悠悠在九皋。

不复斯文称大雅，有余太息即离骚。

随风飘堕三千梦，都被红尘一浪淘。

其 二

浅水牵愁绿一篙，斯人渺渺隔风涛。

端凭沙帻寻鸿爪，独向空林拾凤毛。

辗转翻知长夜永，低回宁不寸心劳。

茫茫江海未能忘，遍地相思无处逃。

其 三

水木何心绿一遭，万般弹指落秋毫。

蝉吟噪晚声声慢，云影触衣片片高。

过眼纷纭关气数，劳生扰攘足风涛。

碧溪清响知何处，休向人间问种桃。

其 四

一管幽深付素毫，生涯何事没蓬蒿。

山阴静定天沉水，林影空浮云起涛。

别绪不胜长郁结，初心能耐几煎熬。

江湖岁月因诗损，落落风尘无处逃。

其 五

但使人间迹可逃，三千世界等鸿毛。

明河列宿飞如雨，胸次繁云涌似涛。

风过棠阴挥别袂，枝连棣萼忆同袍。

难消衣履多尘累，一苇沉浮尚在涛。

其 六

愁牢岁月借诗逃，网罟樊笼百丈高。

性本无华供俗眼，樗非世用数吾曹。

先从庠序失周礼，不见文章续楚骚。

慷慨谁同燕市筑，人间已绝广陵涛。

其 七

浅碧能摇水一篙，桃源深处隔烟涛。

星霜久积身空老，谷壑无声浪不淘。

投老性情偏简淡，近来诗兴颇虚高。

经年混迹街衢上，我本无名何用逃。

其 八

尘土沾濡客子袍，云移山影走风涛。

家园轻负经年别，鱼雁宁无举手劳。

争奈是非多困折，不胜寒暑每煎熬。

亦漂亦泊生涯里，为絮为萍任所遭。

丹斗寺

天倾西北日边斜，朔气横连青海涯。

雪顶昂藏浑似玉，风涛争唱叠如笳。

偶窥鳞爪云中物，尚忆兵戈碛上沙。

未必凉州春不到，经幡飘作满山花。

过日兰城^①

西北天倾取次明，苍然万仞众山横。

茫茫荒草迷边垒，黯黯黄沙接古城。

寂卧村庄随指顾，低飞野鸟若逢迎。

轻车抛却日兰远，已隔千秋月一程。

李 家 峡^②

回峰过岭路千盘，迎面风吹积雪寒。

鹰翅高开旋墨点，羊群低走动云团。

李家峡口乾坤窄，坎布拉湖云水宽。

赤壁丹崖关不住，黄河一片出清澜。

---

①日兰古城：公元335年，前凉王时期建筑，现为青海化
隆县群科新区。

②李家峡：指李家峡水电站，位于青海省化隆县。

公伯峡

高崖危峙染微酡，峰顶容藏雪一窠。
已觉萧疏空物象，还留清寂养天和。
春秋历纪抟沙后，烽火边尘逝水过。
汉将屯田①思充国，当年洗甲在黄河。

明长城遗址

云策群峰欲着鞭，一衣带水巧周旋。
回民村落依鳞次，明代城垣尚宛然。
树底冲风野鸟过，林间斜照老牛牵。
尘沙千载何须辩，顾盼依稀龙在田。

---

①汉将屯田：东汉永元十四年(公元102年)，护羌校尉侯
霸在东西邯(今化隆甘都公伯峡附近)屯田五部。

夏 琼 寺

初向夏琼谒释迦，傍行曲水半含沙。

彩幡风动经随动，白塔影斜思亦斜。

列嶂来仪奔犀象，丛林护法走龙蛇。

千岩云际镶金顶，万丈壁间吐玉葩。

格鲁派源传慧业，密宗教义绽灵芽。

同参世界大乘道，来住吾心安处家。

一念轮回生与灭，真言筒上转无涯。

别 化 隆[①]

黄河伏地渐生漪，仰止高山思与齐。

一派源流清处著，十分气象暗中移。

曾经波折应无算，路向宽平信有期。

春色每于霜雪后，风光好是再来时。

---

①化隆：即化隆回族自治县，位于青海省海东地区南部。

别 化 隆

莽莽寒莎青海清，群科城郭日边明。

峰连虎阵三千列，目尽鸿途九万程。

雪岭摩天诚久待，黄河伏地竞新声。

存思表里皆珍重，谋事高深俱用情。

过往烟尘何浩渺，从今岁月更峥嵘。

路真山水争奇处，运至英雄应数生。

吾辈有缘同此道，梦无不载放船行。

掉 臂 行

不觉经年掉臂行，尘缘掸去一身轻。

悄然众蕊繁香落，散作穿林打叶声。

岂待东君来润物，争如太上已忘情。

弦音断矣云涯阔，诗眼寥兮烟际横。

冷对风霜成睥睨，疏于世故少逢迎。

乾坤之大能相与，方寸虽微亦自耕。

尽放心源秋水净，宽余本色月华清。

何当举袂千崖表，没入沉沉万籁生。

种 兰

路漫漫兮行路难，空恋夕照久盘桓。
山中境胜岩阿险，林下风清云水宽。
进退酌量思郁结，诗题检点意阑珊。
凌烟阁上丹青褪，诸葛祠边草木寒。
累世声名又何益，劬劳终日不成欢。
都门曾拟挂冠去，采菊东篱或种兰。

幽 兰

记得幽兰亲手栽，柔条绰约倚庭台。
馨香可掇纫为佩，软玉披离度影来。
夜雨开轩延咏叹，西窗剪烛共低徊。
谦谦君子出深谷，楚楚佳人立碧苔。
三径云踪湮草木，五湖浪迹绝尘埃。
餐英饮露携谁隐，汨水湘皋逝不回。
睥睨风霜成瘦削，古今时命总违才。

分 茶

绕座茶烟渐化淳，灵泉久煮待谁分。
当秋小树擎云朵，向晚晴光逗水纹。
湛露浮霜山际看，枕流漱玉宅边闻。
一声叹息今同昨，半世暌违我与君。
蝴蝶恋花身是梦，凤凰化羽火中焚。
陶公五柳如招隐，渔父双鸥若为群？
槛外物华随序变，江洲木叶下纷纷。

茶 品

小坐庭除石上凉，檐阴夕照转回廊。
黄花采采将盈袖，绿竹猗猗宛在旁。
汲取半瓯泉窦冽，开缄数片桂枝香。
浮沤漱润旗枪展，玉露分甘齿颊芳。
时觉清风生两腋，顿无浊气积胸膛。
百年身世随流水，千古燃灯此夜光。
十丈尘霾何蕴藉，一杯冲淡味偏长。

茶 余

一盏寒灯倦卧书，夜阑茗瀹味之初。
月华过隙容留白，星眼窥墙顾盼疏。
檐滴阶边仍剥啄，霜风竹畔竞吹嘘。
诗文自缚谁施蛊，江海相忘吾羡鱼。
总赖煎熬始冲淡，几经升黜渐宽徐。
清斟细品香承睫，雾起五湖烟水余。

大 雪

烂漫琼花巧剪裁，翩跹粉蝶亦悠哉。
时逢大雪纷纭至，欲待疏梅次第开。
促节长歌新酹酒，寒光霜气共投杯。
唐碑宋碣湮衰草，楚火秦灰覆紫苔。
西蜀阵图烟霭乱，南荆辞赋汉江回。
十年面破达摩壁，七国兵降韩信台。
人物风华空泯没，衣冠历代讳多才。
孰昭明德垂千祀，安得清流润九垓。
且向银河支素浪，为之一洗世间埃。

心悦君兮

心悦君兮君不知，风吹梧叶下南池。
庭前衰草寒飚至，镜里微霜白露滋。
世态炎凉难自已，根源器性各修持。
行藏待定今犹是，用舍随机宛在兹。
未许烟霞寻胜境，或还林麓种兰芝。
经年尘梦深封印，唯剩清怀可祭诗。
缘会一生相望久，繁花落尽我来迟。
片云日暮归何处，秋水横流无尽时。

放　花

近来忽觉厌纷华，节物催人但自嗟。
愁绪三千成白发，心痕一印染朱砂。
隋侯珠岂堪投暗，和氏璧曾被指瑕。
抛落万般皆舍得，遁藏几事可矜夸？
今生缘会如斯尔，歧路分飞且任他。
纵使有情情转淡，空留余恨恨无涯。
别离梦里长挥泪，凛冽风中尽放花。

鸿

胡尘带雪抟风举，楚岸连沙照水眠。

雾翮排云成一字，霜翎列阵势经天。

高飞静集相鸣和，秋节春时以序迁。

骤被蛮弓伤比翼，突如锦瑟断幺弦。

孤鸿只影悲声唳，起落徘徊顾不前。

此去穷途嗟梦短，来生有待是无缘。

鹤

琴心互答素之操，鸣鹤于阴唳九皋。

颈曲不堪牵世累，身轻已惯步云遥。

飞烟野逸出尘远，茂树繁喧匿影高。

雾锁危崖衔瑞草，泉吟幽涧啄灵苗。

只缘点额丹砂印，待到浮生白雪消。

久别蓬山劳记忆，故人何处可相招。

阑珊怠向华庭舞，独立清池惜羽毛。

泄 玉

落日熔金琥珀销，长河泄玉碎琼瑶。
松盘赤壁朱砂褪，石破银沤白雪漂。
古道碑文皆泯没，湍流山影似倾摇。
霏微飞霰凝芳冽，峭拔巉岩咽洞箫。
崎路攀行多险阻，真如了悟即逍遥。
何时重载西江月，放棹云天奏九韶。

守 岁

龙蛇代序干支易，斗柄回寅节气新。
向暖风光将绿柳，回寒水影未生萍。
霜绡细叠风裁剪，玉屑匀铺雨倒倾。
竹叶攒冰垂凤尾，松根漱雪被龙鳞。
惊天炮仗出深巷，匝地烟花笼近邻。
为有家常说不尽，和灯守岁到天明。

杏 花 初

梨花落后杏花初，小径泥香似雨余。
古木封苔亲野鸟，长廊照水羡游鱼。
清风澹澹泉心动，绿竹修修地气舒。
雾色揉蓝弥谷壑，波光潋滟映村墟。
上犹①胜景知多少，一派湖山画不如。

清 明

半篙烟水载清明，绿竹猗猗取次行。
隔岸人家斜插柳，簪花篱落偶啼莺。
片风丝雨云初合，极浦回滩草自生。
山麓灵幡招野祭，溪田黄犊伴春耕。
苍梧在望霞凝②远，日暮乡关又一程。

---

①上犹：上犹县位于江西省赣州市。
②霞凝：指湖南长沙的霞凝港。

置 祭

濂纤细雨湿衣裳，寒食清明欲断肠。
慈母音容常梦寐，故园林木已青苍。
春秋辗转人空瘦，往事挲摩迹未央。
之子于归千里路，幽冥永隔限河梁。
卅年垂眷劬劳苦，数载追思哀念长。
薄酒灵幡重置祭，步余回首又彷徨。

重 阳

题记：作于揭西京明温泉度假村。

岁序重阳至客乡，茶园林树尚青苍。
田畴万亩稻粱熟，岭嶂千寻柑橘黄。
湛露洲头红叶簇，绚秋湖面碧波扬。
缘堤野草还争翠，篱落菊花渐吐香。
绿茗新斟供陆羽，京明陈酿赛杜康。
巫峰雾散山房秀，洛浦烟收水榭凉。
乘兴登高穷远目，云天无限月如霜。

揭 阳 楼

寒光交映揭阳楼，橘露靡兮霜霰稠。

云委斯文同澹澹，川随逝者去悠悠。

星悬海岱诸峰上，潮涌边城百越浮。

远入虚明归众籁，宽和淳厚与千秋。

山朝三圣霖田聚，石效七贤竹涧游。

井邑骈联兴市贾，学宫秀拔蕴清流。

榕江之水濯诗骨，吾辈亦怀天下忧。

揭西乡村

弄晴花木不胜繁，野阔风偏稻浪宽。

垄间山阴横彩带，云连海气锁层峦。

柴门竹舍荣棠棣，泉石溪桥滋蕙兰。

屋外长留春节序，家传仍效汉衣冠。

炒茶土菜新醅酒，我有嘉宾相见欢。

河婆^①新霁

万叠琼楼近日华，三千云路玉绳斜。

群峰聚簇初生笋，七彩离披满树花。

老店吹醅红米酒，闲窗细品雨前茶。

虹桥际会蝉诗颂，青巷联翩燕入家。

最喜河婆^①新霁后，城头小坐说桑麻。

棉　湖^②

霞蒸揭岭物华饶，榕水迂回映绿条。

广厦三千舒地脉，晴岚万叠涌春潮。

长街密集甲通邑，老店繁喧融古桥。

兴道书声尤雅正，流沙白鹭竞扶摇。

树沿花圃家园近，路绕银潢灯影招。

吹絮木棉清且润，云湖胜景似相邀。

---

①河婆：位于广东省揭阳市揭西县西南部。
②棉湖：位于广东省揭西县。

北山^①天池

巧凿天池图画中，云边峭拔碧芙蓉。

光涵风月三千界，雾锁罗浮四百峰。

跌宕山根烟岫隔，萦纡泉路紫泥封。

峦回谷抱涛声近，壑杳林深淑气浓。

古桧幽篁争窈窕，丛萱杂草愈葱茏。

岚欹石崿斜飞鸟，水浸岩阿卧老松。

一刹适逢花片雨，游鱼点额竞成龙。

秋游黄满寨^②

路转溪弯相映重，缘崖涉涧满杉松。

遥听谷口喧雷瀑，欹枕山阴架笔峰。

虹影来仪迎面雨，花香清透紫苔茸。

半亭光景斜阳溢，一气冲融众壑封。

狡兔伏岩思奔月，石龟出水欲寻龙。

印留冰臼仙师履，壁隐云衣帝子踪。

莫道西风能换物，粗坑^③毓秀四时浓。

---

①北山：广东省揭西县大北山国家森林公园。

②黄满寨：广东省揭西县黄满寨旅游区。

③粗坑：指黄满寨瀑布景区内的粗坑村。

过粗坑村

翠霭苍崖出碧浔，野花杂树有蝉吟。

林泉飞瀑石棋乱，谷籁希声风笛沉。

稻陇环山收宿润，茶田五月覆芳阴。

才随白羽抟云路，又逐清涟动镜心。

一点灵犀殊未透，劳烦诗思每吹襟。

缄　之

涨绿飘红今甚矣，三春梦约欲缄之。

芸香浅淡生衣袂，竹色清凉落酒卮。

河汉章成垂物象，峰峦影定浸琉璃。

徐风篆柳轻而密，素月磨波恬以嬉。

田舍将芜长契阔，知交无恙但支离。

眼前景致如初见，心许云山待后期。

开豁

石门开豁泄壶天，群玉峰头涵碧烟。

藤镂轻阴幺凤立，崖摩小篆老蛇眠。

种兰伐桂人何在？牧雨耕云鸟势偏。

野草疏狂怀素笔，重泉冲淡伯牙弦。

四维星斗垂千古，八月芳菲委逝川。

间或松风吹作籁，时余白露染成篇。

奔流江水薄情物，一去无回似少年。

好月来仪

好月来仪不在圆，为余长照笔中田。

境唯高淡能容我，思正飘萧可涉川。

道德真源堪化物，南华妙谛是空传。

无言渐悟淳风后，一笑还如太古先。

君子之交清似水，浮云兹去隐于天。

音尘轻别因缘浅，世味虚涵已澹然。

夙日多偿文字债，新诗未必要人怜。

天　空

终古轻清一气浮，升沉天地两悠悠。

千寻碧落翻鲸浪，万顷烟涛立蜃楼。

飒沓奔云从幻化，迟回列宿共周流。

山川观照殊而胜，草木滋荣和且柔。

道性八方咸感契，文心三界与神游。

虚空不设东西岸，银汉能航南北舟。

我以我思趋旷远，余留余响到深幽。

广平之野长凝望，自有苍冥互点头。

彼　岸　花

极目青山绿水涯，蒹葭洄溯几人家。

形归静定西江月，色渐虚无彼岸花。

远墅烟浮斜逸去，田畴歌啭采新茶。

潜吹松籁凤凰柱，路绕罗城龙虎砂。

乱世逢缘如朝露，恒河劫数浪淘沙。

书生意气常迂阔，客里愁怀四望赊。

一径芙蓉向风立，不辞秋雨洗铅华。

木 棉

南岭烟涛极浦连，阳和曙色遍华颠。

千山湿翠绿于染，一树披霞红似燃。

为证前因株守约，修来斯世果逢缘。

但凭骨力与寒竞，赖有春风唤我先。

玉律清吟时作颂，幽怀默写笔如椽。

争高岂是贪恩泽，君子当前欲比肩。

白 菊

江皋夕照渍梧桐，千里云封怅望中。

一管清吹咽山月，几分暝色下征鸿。

迷离蝶影心无垢，映衬蟾华韵亦同。

素净衣冠缘太古，纷繁三径压芳丛。

斜昂老叶栖禅客，半坠银钩垂钓翁。

有待陶潜携退隐，何须阮籍哭途穷。

西风凛冽秉余气，白露熹微物象空。

雨洗寒香归落处，花魂依旧在篱东。

落 梅

独向东南秀一枝，黄昏细雨孰能持？
根居石濑寻幽僻，自结溪云守静宜。
久与松筠深素分，淡同霜雪共襟期。
蝶蜂作戏欢场外，桃李成蹊步韵迟。
冷馥清香盈白屋，轻阴瘦影补疏篱。
曾经处士偕为侣，千古芳魂寄在诗。
肃杀物情多积毁，薄凉世味暗摧之。
徒惊岁律伤离别，无复琴徽诉所思。
身若了时心亦了，湮沉何必让人知。

春 雨

悄随燕尾掠千门，一径寻春湿履痕。
与伞撑开烟雨巷，借篙划去水云村。
落红划地香尘乱，洒叶穿林碧沼浑。
步入虚窗谁梦约，风回余韵我思存。
叮咛耳侧为清响，载覆潮头是巨源。
莫以欢娱忘巴蜀，时因醒醉忆湘沅。
终归江海成深远，润化苍生须细论。

无　状

潮涌春澜信可知，新芽节外又生枝。

岚烟波及千岩翠，雨雾星零两鬓丝。

久对溪山成莫逆，遥同君子论襟期。

可人心处今余几？过眼繁花在片时。

念别光阴多逊色，薄情岁月只耽诗。

清愁无状偏来袭，悄与寒风一样吹。

著地梅花

著地梅花一二分，苍梧之野半封云。

九嶷杳渺余林莽，四水盘纡隔垢氛。

危嶂左旋收野岸，重楼北向卧江渍。

先忧后乐时垂训，众醉独醒思出群。

在赋句中怀楚客，于弦音处认湘君。

阴霾暗涌凭谁扫，方寸疏芜已旷耘。

自是南薰终不竞，长将风月换斯文。

读"尘封77年的爱情"

题记：2014年12月网上流传"一段尘封77年的爱情故事"。

守望百年风与尘，边城尚有未亡人。

韶光去逝真如电，丧乱经临多少春。

忠烈祠前名宛在，雨花台上事怆神。

男儿报国孰辞死，将士抗倭勇献身。

遗照翻成天下泪，孤魂招向梦中亲。

悲歌吹彻殖民史，公祭长怀社稷臣。

海不扬波生咏叹，山能化石竞嶙峋。

何当宇内烽烟散，留得清辉伴北辰。

棉湖文会

题记：写于2015年11月4日，揭西诗友小聚后。

一叶乘秋揭岭西，含霜浥露赴东篱。

静中剥复花如雪，忙里虚盈鬓似丝。

高古声闻吾学舌，虞韶韵在凤来仪。

茶分甘味无言教，座有熏风慰我思。

文会难逢须尽兴，清欢后忆自裁诗。

能赊菊酒酬元亮，愧失琴心谢子期。

再聚棉湖知何日，白云世外待招之。

题观山远图

题记：丁酉申月承蒙兴墨堂李安水先生惠赠墨宝一幅，草成排律以表谢忱。

冥冥古意妙难论，带雨拖烟见一村。

点化龙岩盘地脉，琢来秋水绕云根。

不期惠子逢庄子，路过蓬门向柳门。

遥指远山横翠霭，闲听野鸟啅黄昏。

当年杜若何人采，彼岸兼葭隔代存。

气运毫端清在骨，心游象外淡无痕。

阶前竹木胸为本，蹊上桃花自有源。

得此丹青供岁月，顿忘身世寄乾坤。

松涛响落天风起，洗出诗魂与画魂。

2015年国庆观阅兵有感

金秋冠盖满京华，十里长街炫彩霞。

大国点兵寰宇震，缅怀抗战百年嗟。

步行方队神威肃，装备阵营声势斜。

霹雳枭龙携火鸟，东风巨浪佐飞鲨。

歼机列序张鹏翼，坦克成行掠虎牙。

挂帅将军能亮剑，出巡利器可称夸。

盘弓射日多后羿，炼石补天皆女娲。

千万英魂应告慰，眼前盛世是邦家。

高考后赋青莲

海岱晴浮佳气催，郁葱竹木接高台。
棘闱学子登楼去，芹泮书生走马来。
桂籍题名谁第一，琼林秉笔孰为魁。
灯挑寒暑何劳止，步向风云亦快哉。
藻鉴多年知骏物，青钱万选见雄才。
中兴事业新人继，历代斯文诸脉培。
四野苍标凭豹变，九天星宇待鸿裁。
但看明日秋江上，千里芙蓉烂漫开。

写在南京公祭日

卅万头颅倭寇仇，锥心记忆复啁啾。
家亡国破身何寄，死别生离事未休。
华夏黎民尽涂炭，金陵帝阙付浮沤。
屠城劫烬遗墟在，称霸图穷罪证留。
常励我曹扶汉鼎，不遑他顾淬吴钩。
该当振臂学燕侠，且耻卑躬作楚囚。
薪火相传狮象下，警钟自策大江流。
时逢公祭悲吟处，烟雨沉沉四百州。

下　卷

灯　火　词

浣溪沙·春

疏雨和烟村廓低。山溪分韵竞诗题。纷纭桃李下成蹊。

草正离离其倩矣，华之灼灼彼秾兮。一时年少梦中迷。

浣溪沙·梅丫

后岭前村唱采茶，风吹雨气绽兰芽。已然春色在梅丫。

碧沼清阴低燕子，粉墙黛瓦树荫斜。白云亲舍故人家。

浣溪沙·北山即景

白鹭低飞草木长，黄莺初啭过山梁。青牛背上牧斜阳。

岭上往来云自在，林端起伏籁清扬。暖风微送稻花香。

浣溪沙·静思之

　　韶景滋荣似旧时，粉香吹落两三枝。有余风月又催诗。

　　近舍幽篁声籁籁，缘溪烟树影迟迟。湖山梦约静思之。

浣溪沙·如流

　　未了前缘不自由，修来今世迹如流。何人解系木兰舟？

　　万事多随云过眼，一生几见月当头。西风先到句中秋。

浣溪沙·寄夫子

　　流水生涯未有涯，山川灵响共诗遐。春秋细嚼味如茶。

　　玉尺量才惭我拙，东君化物总无差。心犹蝶恋笔中花。

浣溪沙·游黄满寨

一树梅开笑靥生，人家依水小桥横。无私造物亦多情。

醉石横斜尤逊让，清流漱咽似相迎。此时能不展愁城？

浣溪沙·近海

百粤峰回江海秋，朝宗一派水争流。渔舟泛泛逐轻鸥。

雨挟潮声风化石，山排云气蜃为楼。都来杯底问沉浮。

浣溪沙·塔①

　　百越河山四望间，三千星斗落襟前。华南一柱可擎天。

　　俯瞰罗浮舒海气，运筹珠水写新篇。恰扶明月上诗肩。

浣溪沙·河婆夕照

　　榕水关拦锁玉峰，河婆塔影度鱼龙。流金岁月夕阳红。

　　向晚洲头惊白鹭，城南木末发芙蓉。踏歌归去酒香浓。

---

　　①塔：广州新电视塔，俗称小蛮腰，为亚洲第二高的建筑物。

浣溪沙·一叶

一叶飘浮似此身，星河摇落夜如银。沧浪若解濯缁尘？

秋扇那堪题往事，梧桐何故转冰轮。从来风月属闲人。

浣溪沙·绿及

绿及云边与梦边，动人颜色渐流传。诗思惯是作飘然。

十里珠帘风不卷，半篙春水雨来偏。飞花一瞬耽桃源。

生查子·诗魂

凝睇何所思，眉上寒烟渚。婉约水之涟，翩若风之羽。

手捻笔中花，载月诗中渡。遥指境中庐，道是心归处。

采桑子 · 思慈母

萱堂旧事常萦绕，语细风悄。柳弱桃夭，尤隔家山一梦遥。

春晖不待余幽草，夜雨飘潇。何处魂招？徒剩愁怀对酒浇。

卜算子 · 江南雨

手捻绿萝丝，人似丁香结。烟雨江南断桥边，有梦曾经别。

昨日雪如花，今日花如雪。依旧桃腮和柳眼，为取何人悦？

卜算子 · 早梅

许是春来迟，或是花开早。玉洁冰清一段香，总在诗中老。

别具晋风流，更著唐辞藻。皆化相思作雪飞，点点知多少。

卜算子·醉后

霜露冷蒹葭，落照浮烟树。飘转流年与落花，吹作风中羽。

真我是何人，迷乱归时路。一醉沉酣梦里身，始到无愁处。

点绛唇·寻木棉花不遇

雨后清明，光风浣碧生繁绮。层阴翳翳，不见凌云意。

满树高花，曾染山河丽。空引睇，人间何地，收拾英雄气？

谒金门·春睡

灯花坠，山外杜鹃啼未？过径穿林风亦醉，乱剪溪云碎。

别梦不须追悔，情味几经勾兑。雨湿罗衣无所谓，海棠枝上睡。

武陵春·日记

似与曾经相望久，风影也和柔。一段青葱纸上浮，漾绿到眉头。

别有天地能容我，文字与神游。千里水云带月流，心海淬银钩。

武陵春·纷纷

溪影流光疑隔世，幽响竹边闻。一树梨花不顾人，开落两纷纷。

本来面目谁曾识？虚实总难分。伫望云山如见君，默默我思存。

武陵春·野次

叠献莲山风清甚，云物黯如凝。野次行藏似转萍，一一浪潮生。

灯影轩窗生浅晕，夜阑梦不成。剩有辞章托性灵，心迹隐，月痕轻。

阮郎归·闲窗

浓阴静影翠相扶，小池近碧梧。心无所系即宽余，闲窗一卷书。

鱼鼓浪，雀呼雏。雨来荷跳珠。随风摹写藕花初，清能入句无？

阮郎归·莲开

烟花水木岂关情，因人慧眼青。兰皋竹径渐流萤，幽光上应星。

风自度，月相形。西窗虚以明。诗缘小字到空灵，莲开静可听。

阮郎归·凝睇

争教红粉不成尘，溪山几度新。枝头若个是吾身，来偿未了因。

深凝睇，浅含嚬。犹疑幻似真。相逢莫讶彼何人，花开隔世春。

柳梢青·心裁

小坐山隈，闲行泽畔，约略萍开。珠履三千，青衿七十，尚有遗才。

何妨散落尘埃。有明月，清风自来。秋水伊人，苍葭白露，也见心裁。

柳梢青·婆娑

阶覆寒莎，窗浮云气，槛近阳和。春色重来，山川良是，风月无多。

光阴暗地消磨。在蒙昧，尘埃里过。雨挟梅花，梅花挟雨，向我婆娑。

柳梢青·渔父

十里春柔，三山夜静，一叶扁舟。水袖云裘，烟蓑雨笠，且任心游。

等闲江海沉钩。泛千古，清浪浊流。明月时来，清风自在，不作他求。

醉花阴·说梅

满城灯火难成寐,似被繁华累。别梦不堪寻,
断梗飘萍,几度壶觞醉。

寸心澹泊何人会,唯与寒梅对。一念一生花,
和雪同冰,嚼到清无味。

醉花阴·云朵

云朵悠游林罅逗,半亩方塘皱。正谷涧流银,
弦月沉钩,掬手荷香就。

娑婆竹影风声骤,点破相思咒。把湛露尘缘,
寄梦人生,一一都参透。

南歌子·柘枝

已往之不谏,重逢未可知。萦怀何事耐寻思。
又到疾风骤雨,落花时。

流水歌桃叶,长堤舞柘枝。如狂如醉复如痴。
无奈春归人去,我来迟。

南歌子 · 碧桃

明月何容与，春风也快哉。笑而不语碧桃开。自有前生印记，在灵台。

生死都成约，情怀不用猜。随缘起灭化尘埃。一样身披花雨，再归来。

南歌子 · 赠武马[①]

暮云堆天廓，危城灭塞鸿。角声吹彻夕阳红。渐次关河极目，月如弓。

指授儒生策，驱驰武士功。乾坤俯仰笑谈中，独立黄沙古道，马嘶风。

---

①武马：著名写意马画家。原名李武杰，当代徐悲鸿马画传人。

南乡子·素衣

静夜如遗世，斯文不遇时。挑灯未减故人思。长在维摩画卷少陵诗。

浪迹余萍影，缁尘染素衣。水云泛泛欲何之。一任沿途风月不相知。

南乡子·吟秋

沙岸远相邻，莺哢蝉吟迹已陈。云水千帆皆过影，风苹，没入芦花月满身。

江晚欲迷津，回首纷纷陌路尘。一苇载航难自度，何因？我是前缘未了人。

南乡子·耽溪

扑面绿风微，花到荼蘼事已非。时有素馨牵野步，追陪，人自芙蓉扇里回。

之子念将归，过眼纷华与愿违。漱石枕流存化迹，徘徊，一梦耽溪蝶不飞。

鹧鸪天 · 雪

安得心裁如此工？雪花六出玉玲珑。江梅向晚沉吟处，极目纷纷是落鸿。

携雨霰，御霜风，何愁万物不陶融。心中自有光明境，一统乾坤是大同。

鹧鸪天 · 近清明

每近清明渐不安，无心树色与花颜。雨吟檐角成三叹，云把乡心揉一团。

风剪剪，鸟关关，多年浪迹已斓斑。故园十里梨花雪，裁作离人梦里船。

鹧鸪天 · 有莲

天末萍风隔岸来，木棉吹絮雪为堆。云边玉树如初见，心底兰芽是旧栽。

时不再，水无回，一春芳信已成灰。何须细把前尘看，自有莲花默默开。

鹧鸪天·婉容

浣碧揉蓝溪路穷，徐徐牵袖古人风。新词柳外听莺课，华服花间试蝶功。

境如幻，色为空，万般与我偶相逢。于斯修得清缘在，明月前身皆婉容。

鹧鸪天·花开

远树深村雨半溪，鹧鸪着意向谁啼。如明如晦时尤甚，非雾非烟路转迷。

拂细草，踏新泥，春光若得与心宜？清寒一径风扶浅，未见花开能似伊。

忆江南·风斜

游丝乱，燕子趁风斜。雨脚随行知万点，云心过境也无邪。看老一山花。

春欲暮，归路向谁赊。别后生涯多近似，途中光景略差些。诗鬓已先华。

忆江南·惊蛰

云雷隐，惊蛰起龙蛇。堤岸春泥封不住，初黄柔绿草痕斜。新柳近人家。

风渍梦，落笔起烟花。且向湖山留本色，一番江雨洗铅华。天地也无邪。

忆江南·纷

春潮涌，烟锁水之隈。云月家山增怅望，清明时节独低回。纷下叶成堆。

尘梦浅，又被杜鹃催。唯此心同谁去说，是何人唤我来归。风雨正徘徊。

忆江南·漪涟

山溪下，萍藻泛漪涟。方寸中间应有地，虚灵之外别无天。何必妄凿穿。

尘与梦，散入薜萝烟。人去茫茫迷所在，我犹种种不堪言。风雨落花前。

浪淘沙令 · 香凝

小月覆回汀。北斗旋衡。当时谁许岁寒盟。戴雪披霜人立遍，前世今生。

疏朵衬晶莹。飘梦无声。不知蝶化此身轻。尚有冰心应未释，一片香凝。

浪淘沙令 · 柳

水影静接蓝，一梦沉酣。溪山斜逸散烟岚。回首波澜千万缕，意在深潭。

风雨细相参，久为诗耽，悬丝钓月旧曾谙。引渡流光回魏晋，共赴清谈。

虞美人 · 流出

看朱成碧知多少，清味虚烟表。平芜白鸟带风斜，一卷云山缣素落天涯。

采苹雨过时方好，不在人知晓。煮泉闲嚼火前茶。坐看溪边流出碧桃花。

虞美人·春雨

悄然窗外拈针线，罗织春深浅。山川流动过云缣，一任泼醅新染碧螺尖。

洇红点翠匀轻茜，著意无人见。梦边私语正廉纤，过影清风十里下珠帘。

虞美人·兼有

白驹过隙驰光景，远树牵云影。忘怀始觉此身轻，一路风林溪月与偕行。

结庐如入无人境，料也心难静。水声幽咽杂松声，兼有相思起伏不能平。

虞美人·水之湄

半篙春碧溶诗草，光影交相好。水云撩去翠奁开，柔橹一声撑入梦中来。

繁华镜里真情少，若得偕之老？玉人居在水之湄，月印波心落子已无回。

虞美人·繁英坠

穿林过叶谁深唱，扑簌繁英坠。春风凉薄不相缘，落得瞬间之美似超然。

平湖滉漾诗漪碎，筝与何人醉？我心如月两难全，分付落花流水到云渊。

虞美人·诗阑

枝头初发何柔婉，自恨生时晚。有余风致寄毫端，且放飞花次第赴清欢。

天涯咫尺人心远，此去应忘返。一梭烟雨水云寒，又送别离情味到诗阑。

虞美人·蛊

为谁曾种相思蛊，反噬离愁苦。檐蛛尽日网尘丝，一盏风灯独自立多时。

心期滴漏恒沙数，尚有天难补。逝川东去绝鱼书，不料相忘江海梦都无。

虞美人·支离

登楼人向星河倚，峰乱难扶起。流泉漱石似敲棋，点破一汪心事月支离。

云烟往复何时已，欲说还应止。剪裁诗律入桐丝，犹恐相思弦外被人知。

虞美人·栖迟

桐阴桂馥均深致，兰若何柔止。月残谁与问栖迟，不胜西风吹冷夜阑时。

音声色相烟云似，霜露由兹始。一川秋水逝如斯，常在梦中蕴藉醒来诗。

虞美人·观心

观心返照兼三省，白露繁霜冷。诗怀淡泊性情偏，总被寻常风月换流年。

性灵兀自磨尘镜，万象如泡影。渐修般若几重天，放下前生后世且随缘。

虞美人 · 湘皋

阳春白雪传诗颂，难与灵犀共。瑶琴何处遣离衷，千里湘皋云月水无穷。

红颜绿鬓徒相送，远涉寒霜重。眼前光景故园同，一树梧桐花落雨兼风。

一斛珠 · 横波

窗前剥啄，绿痕清籁晨光濯。雨过梨花无人觉，蝴蝶枝头，芳信先猜著。

一时青鸟穿林薄，云边迹挂羚羊角。风香水影今非昨，春色横波，又赴千秋约。

临江仙 · 烟花

叶底林梢初散，溪头岸畔将藏。随风吹到水云乡。深匀梅子绿，渐入柳丝长。

虚运春秋无执，浑然器性相忘。灵明流处为诗忙。花笺施淡彩，草字竞斜行。

临江仙·萍末

左岸青回短蕙，前堤绿转柔条。轻红浓黛付花妖。念从痴处起，缘在静中消。

细致风生萍末，悠然水漾兰桥。最难平复是心潮。来如春雨骤，去与白云遥。

临江仙·北山云雾

峰影婆娑涵谷壑，沙鸥错落越林丘。扶摇直上竞天游。夕阴花色易，江表素光流。

翠叠茶田盘揭岭，苍茫烟水下潮州。雾生云涌万山浮。和风吹草木，藉此醉春秋。

临江仙·雨过

槛外山光收积润，沿溪渐近繁声。如磐风雨正围城。浓云结阵，撒豆也成兵。

滴翠树荫垂红荔，涓流黏取青萍。幽花满地不知名。一方澄净，天地与心清。

临江仙·小雅

灵山别后长相忆，尘劳世虑交加。云襟江月半横斜。水流清且远，风岸绿无涯。

我所思兮堪小雅，闲翻周易南华。须臾开落槛边花。吟魂诗有约，心路笔为家。

朝玉阶·寒月

才过东篱问菊时。纵无心物序，亦推移。何人曾许访梅期。江洲云不语，似观棋。

半方书榻世之遗。任千行万叠，网尘丝。经年无梦到相思。又一弯冷月，渍新诗。

小重山·小满

繁实浓阴溪路弯。杨花榆荚缀，没遮拦。眼前无恙是青山。朱成碧，凝睇与重看。

对景且开颜。濯清涟静放，一枝莲。风埃不到愈超然。蜻蜓过，点破水云天。

小重山·繁漪

隐约湖中别有天。正风牵乱绪，起繁漪。云山面目总难全，逐逝水，瞬息已推迁。

毁誉是虚传。纵诗心旁落，亦超然。浮生一见也悭缘。飞花促，细雨湿流年。

小重山·柳丝

诗嚼灵芽句染香。与春光收束，在书囊。云笺烟字未成章。随白羽，天外舞斜阳。

挽系柳丝长。剪东风半阕，寄伊行。桐花覆水去潇湘。相思又，一念为之狂。

定风波·休歇

瘦到低回寸寸肠，别开一面是冰霜。云絮裁来开妆镜，疏影，簪花斜照水之央。

梦溯西湖诗舫过，惊破，纷纷先到北枝忙。月杵捣香吹作屑，休歇，风中不必问归藏。

定风波·溪岸

若得桃源可卜邻，半生痴绝在芳尘。鸟弄诗簧声声慢，溪岸，东风才调是清新。

细雨轻烟空凝伫，何处，离形得似梦中身。又送伊人随日暮，归去，飞花一片已惊春。

雨中花令·点缀

梅子笼阴清似水，看似也，寻常况味。浸透韶光，绿流红坠，雨是春风泪。

又几度，兰亭烟景醉。若留白，心头点缀。水墨渊源，云山笔调，作了无情对。

雨中花令·登高

百尺楼台风倚遍，共几处，云收潮卷。广泽双鸥，危樯双燕，不啻神仙眷。

只有登高宜放眼，把浮世，繁华看浅。大梦三千，愁城十万，一例红尘远。

雨中花令·纫针

灯影摩挲书叶乱，又悄然，虚檐月转。前度刘郎，当年张绪，淡入沉香篆。

细捻诗思飞作线，为谁补，梨云梦短。柳叶风姿，桃花人面，纸上深深见。

步蟾宫·怀旧

如烟往事盈于手，又点滴，水流珠走。青春不解惜芳华，常放任，相思剪韭。

人生百折千回后，与谁论，天长地久？芸香小字锁春秋，深浅是，年年怀旧。

一剪梅·月如流

醉眼斜看月如流，山外烟收，天外云浮。梨花堆雪满枝头，风物清幽，人以迟留。

客旅飘然不系舟，梦迷蝴蝶，孰是庄周？欲笺心绪总无由，一半拘囚，一半将休。

一剪梅·养生京明^①

揭岭苍茫草木青，当风竹榭，得月兰亭。窗涵水影漾天星，一曲山歌，一卷茶经。

藉此湖山悦性灵，心境俱清，烦虑无形。醴泉甘冽浥芳馨，客里潮乡，养生京明。

一剪梅·明湖

翠染京溪园上霜，烟霞际会，岭岳昂藏。明湖开鉴映天光，路转溪湾，茶树成行。

覆岸榕阴竹榭凉。林表盈彩，积石含章。向中流泛素波扬，丽泽朋来，云水之乡。

一剪梅·还乡

纸寄行程又一张，去岁还乡，今岁还乡。子规声里万重山，雁过衡阳，云去潇湘。

戴月披星两鬓霜，怕惹思量，不忍端详。梨花院落已昏黄，记忆翻澜，岁月沉香。

①京明：指揭西京明温泉度假村。

一剪梅·风凉

玉律新声近少阳，红梅凋伤，白雪疏狂。指尖触处写风凉，将此皮囊，作了诗囊。

百事于心莫比量，日里潜藏，梦里封藏。道非自器委圆方，无可昭彰，只剩韬光。

一剪梅·岁末

午马翩然换未羊，偷减韶光，清减容光。游丝何处系行藏，无限云山，多少文章。

世路升沉正履霜，三分犹疑，七分思量。酸辛都向个中尝，且把心香，换了书香。

破阵子·哗

灯影消磨书案，好风又过檐牙。诗里长留千载月，笔下为开满树花，清香淡且遐。

会意何须多问，知音相应无差。心上纵横弦万缕，眼底幽深海一涯，思君声乃哗。

破阵子·缘会

小径幽寻化境，空山静与诗家。风雨时来真莫测，云水周流未有涯，衣襟落月华。

所念琢成玉树，逢源秀出灵芽。斯世何人来会我，料是前生相识他，心头一点砂。

侍香金童·心易

素馨消息，只合词边寄。瘦影斜，冰澌不起。一树清幽无与比。唯月之遟，或君之迩。

百年流水里，生涯零露似。任漂泊，纷纷悲与喜。几瓣香拈梅花易。应数而来，了缘而已。

鹊桥仙·七夕

今夕何夕，银河浣碧，白露秋风来袭。等闲日月似抛梭，金针度，相思绵密。

千年旧约，孤星转盼，望断鹊桥飞翼。佳期幽会不多时，悲欢又，无边云集。

江城子·茶

小窗横幅印江潭，几株杉，向天参。白露丹枫，秋色已沉酣。长忆西风吹别袂，余岁月，为诗耽。

一弯翠竹钓浓蓝，远山涵，浸林岚。石罅疏泉，茶味渐回甘。七碗超然尘世外，燃灯火，与清谈。

行香子·河婆夕照

翠耸三山，余脉来朝，嵯峨揭岭上烟霄。城关在望，塔影堪招。有天竺岩，霖田庙，济襄桥。

花明柳暗，滩回水绕，醉投斜照一江遥。河婆毓秀，人物丰标。入春秋卷、风云路、古今潮。

行香子·飞白

云涌寒潮，河带冰澌，何处壶天不经诗。心当自省，怀抱谁知。况讷于言，疏于用，拙于时。

故园归思，孤山旧约，信笔删到早梅枝。唯行我素，飞白于斯。逐原之野，风之岸，水之湄。

行香子·非恋红尘

非恋红尘，却堕红尘。又同君，两处沉沦。命中定数，无果之因。论达于情，擅于忘，不如人。

霜月沄沄，亦我思存。印长天，一抹残痕。静观自在，乐得天真。渐薄于云，淡于水，似余身。

行香子·灯燃

远色微茫，瞻彼长川。委尘寰，多少牵连。寻思往事，似幻如烟。怅有情人，无限事，不堪言。

以何名目，字我诗篇。问君心，若解真诠？已甘缘后，又失机先。向未央天，无准梦，一灯燃。

行香子 · 小除夕

岁月流金，灯火如银。近除夕，声色纷纭。心笺卷掩，题寄无因。问孰为魔，何作祟，恁伤神。

浪迹萍踪，都是诗痕。况风情，入木三分。如何舍得，未透灵根。怕再生缘，连环劫，不饶人。

行香子 · 北风初

溪路盘纡，几处飞芦。送斜晖，一片云无。履霜为赏，拾句堪娱。料迹如鸿，身似蝶，子非鱼。

绰约黄花，清瘦苍梧。待重阳，遍插茱萸。秋随露白，月与人俱。正南山下，东篱畔，北风初。

行香子 · 坠叶纷纷

坠叶纷纷，在水之滨。将霜色，分予星辰。同为过客，欲渡迷津。不胜风情，将风月，付风尘。

清吹过境，浮云掠影。剩苍茫，与我思存。当前是妄，往日非真。看这些年，这些事，这些人。

行香子·棋

些许端倪，多少玄机。叹平生，涉世如棋。运筹深浅，落子高低。料局中人，盘中弈，道中迷。

事不由己，情非得已。待收官，终究疮痍。逢场作戏，得失难期。总思前后，分南北，散东西。

行香子·寒云以外

世态交加，人事乘除。问离愁，君亦然乎。寒云以外，素月之初。怎梦中见，心头有，眼前无。

一般俊物，当时骄子。叹如今，何处归欤。几行小字，半卷闲书。已隔三秋，分两地，不同途。

酷相思·风岸

细雨浮烟迷望眼。几回误，归来燕。正春岸，垂杨风舞遍。不道是，人踪远。却道是，人心远。

浅墨浓愁诗笔乱。料只对，灯花展。不堪忆，相逢曾恨晚。今世也，无由见。来世也，无缘见。

酷相思 · 玉甃

岁晚浓云侵薄昼。我于左，君于右。渐堆积，阶前黄叶厚。槛内剪，灯花瘦。槛外剪，梅花瘦。

映照清怀如素甃。白雪起，寒风又。待斟满，江南烟雨秀。杯底也，灵芽透。心底也，灵犀透。

酷相思 · 寒香

纸上难书心事皱。十之事，违其九。又匀墨，黄昏烟雨后。对世外，山峰秀。染镜里，眉峰秀。

一径冰霜寒剔透。七分忍，三分就。纵折取，清香盈在手。同几许，风中瘦？留几许，词中瘦？

凤衔杯 · 相欠

咫尺天涯音尘远。空望断，故人心眼。正剪雨裁烟，颉颃得趁东风便。终不似，双飞燕。

楚云深，湘帘卷。游踪又，梦中寻遍。付流水落花，世间何事从人愿？是相欠，才相见。

苏幕遮·清尘

野云深，江岸暮。独自凭楼，独自凭楼赋。梦里曾寻千百度。一样花开，一样花开处。

挹清尘，耽月素。弹指芳华，弹指芳华误。应世缘深人未渡。又被风吹，又被风吹去。

苏幕遮·立夏

野蝉鸣，春色暮。叶底迁莺，隔岸云栖树。骤雨时吟长短句，十里榕阴，曲折词中路。

似曾谙，如再遇。坠粉飘红，一一风神舞。浑忘此心无所住，花落花开，且向菩提悟。

苏幕遮·草草

柳丝长，梅子小。巧弄笙簧，恰恰莺啼早。年少梦中何草草，一笑回眸，曾是心头好。

雨零星，云杳渺。多少风尘，都向眉边扫。眼底氤氲春事了。兀自飞花，不与人偕老。

青玉案·结

途中惯作风花瞥，恰隐隐，林蝉咽。一水潺湲声不绝。流光染指，浮烟承睫，此地曾经别。

山川与我分明月，秋色留深到红叶。何处寄清词半阕？思怀九曲，离歌万叠，仍是心头结。

青玉案·萍风

游踪莫测春深浅，绿漪涨、银湖满。萍叶风低芳草岸。柳垂青眼，荷扬素面，十里莺啼啭。

浮生似逐飘萍转，往事那堪并刀剪。终不敌流年暗换。钟情岁月，如花美眷，明月天涯远。

青玉案·悠然

绿杨阴外莺声啭，又窥得，东风面。石罅苔根时溅溅。碧溪漱咽，漪推萍乱，去逐梨花片。

眼前光景驰如电，一刹都从静中变。远韵高情唯自遣。任由春月，秋波流转，与美悠然见。

青玉案·荼蘼

亭阴如盖宜清昼，一池水，徐吹皱。郁翠枝头云迤逗。蝶衣正好，莺声轻溜，风影荷香透。

不如意事常八九，误了当前又怀旧。岁月抛人何所有？梧桐树下，荼蘼花后，来趁青梅酒。

青玉案·残阳

柳绵约略吹千树，似总被，芳尘误。彼岸花开人未渡。清风过影，阳春有脚，不见来时路。

离怀难遣愁如许，诗到兰亭梦中句。带雨残阳横别浦。千秋胜概，一时云物，流向天涯暮。

江城子·浓阴

寻常世味是轻分，不留君，不留春。一路浓阴，长掩落花魂。风雨兼程皆寂寞，长相忆，莫生嗔。

待磨心镜问前因，既无痕，也无尘。荣悴百年，终究梦中人。唯有笔峰从幻化，时钓月，正耕云。

喝火令·红尘

　　共许三生愿，同为一世人。两相遥望是何因。如此寂寥天地，风月与谁分。

　　揉碎三生梦，吹成一片云。去随微雨落纷纷。寂卧花阴，寂卧蕊中春。寂卧碧桃枝上，渐渐作红尘。

喝火令·月痕

　　浅水横罗带，遥山露髻丫。绿云依次遍天涯。多少旧游新梦，都似指尖沙。

　　久别疏音讯，闲愁感物华。四时风雨暗交加。几度生花，几度又飞花。几度落花庭院，坐到月痕斜。

喝火令·星月

　　向晚天仍暑，风来水不波。又悬诗眼到嵯峨。人殢白云乡里，争奈夕阳何。

咫尺偏无路，相思竟是魔。万千都在眼前过。静看花开，静看影娑婆。静看一帘星月，渐次漫成河。

风入松·心源

江潮潜上浪沾萍。远麓云邻。岚烟高旷轻吹袭，不知何处寄吾身。万象非花非雾，一时疑幻疑真。

五湖归棹正迷津。白羽来频。心源落落清如水，眸光浅浅净无尘。明镜风声剔透，灵台月色均匀。

风入松·杨花

长堤惊梦雨初晴。山策云行。阳春有脚堪随去，袅游丝，纤影伶俜。多少形骸放却，万千思念纵横。

乘风非是惯逢迎。只为心倾。宁知表里如霜雪，证兰因，絮果无凭。细看三分轻薄，深藏一世柔情。

风入松·小荷

湖山溶漾水连天。远树嘶蝉。轻歌缓棹飞鸥鸟，簟纹牵，细浪沉烟。翠盖翻风飘逸，凌波裙袂翩跹。

孤标情态在毫端。燕处超然。蝶衣曾惹庄生梦，小荷尖，秋色无边。片蕊净无余馥，一枝独秀清涟。

八声甘州·放鹤

对绿杨清昼翠阴浮，小槛枕溪流。渐繁花先坠，彩云易散，逝水难留。弹指暮春才过，风物已将秋。况只余华发，不见红楼。

剩此襟怀洒落，赴千江夜雨，万里孤舟。怎得三生重约，一梦回头？叹梁园，终非乐土，再无人，共浅唱轻讴。徘徊又，闻箫竹下，放鹤汀洲。

泛兰舟·绿荷裳

路转横塘，绵蛮鸟语斜廊。绿竹猗猗，浅拢轻按笙簧。长风吹淡，绿荷裳，素面幽芳。琉璃微漾，凌波仙子徜徉。

思也如狂，云书万叠缄藏。拍瘦诗肩几番，细浪沉香。离心自苦，奈世间，多少炎凉。不相忘处，一一囚在莲房。

婆罗门引·落花

湖山湿翠，长堤疏柳半含烟。白鸥渐入遥天。帘卷横川远黛，云路越三千。凭栏清有味，一晌流连。

幽怀澹然。自别后，瘦于前。零落芳菲成阵，漫舞翩跹。余香留醉，与红颜，风月落愁边。向谁寄，一纸花笺？

鱼游春水 · 感契

沙洲横烟紫，林麓渐红繁绿靡。若虚若实，细雨韶光如织。逢缘无改青山岸，对境忘机芳时里。多少旧痕，被江天洗。

声色流边掬起，将染著尘心欢喜。微澜波及毫端，咸通感契。一念生成难思议，万象迁连殊未已。花开刹那，向风中倚。

一萼红 · 晴和

转晴和，谷籁生林樾，岚气散岩阿。湛露芙蓉，眠沙蒲苇，岛影纹牵青螺。与谁泛，兰舟桂楫，讴渔歌，披雨笠烟蓑。壶里春秋，镜中风月，几度厮磨。

且放鸢飞鸿渐，叹参横北斗，梦醒南柯。静寂维摩，疏狂处士，酬吟笔落悬河。算浮生，韶光虚掷，偏供我，花落剩无多。恁地诗怀蕴藉，如醉如魔。

长短句 · 柔然

题记：本首不入词格，无谱可依。

　　渐光阴，绕指柔然。经年悲与喜，不到伊旁。怎被春花秋月，偷换雾鬓霜鬟。卉木滋荣，林岚静好，燕雀咸安。似无物相累，无情可诉，无泪需弹。

　　曾约地久天长。小轩窗，玉袖添香，和鸣琴瑟，秀气文章。叹君心志难遂，怜卿才命相妨。空作对，不成双，错忤衷肠。一枕黄粱夜未央，云水两茫茫。

木兰花慢 · 初秋

　　小亭桥侧畔，牵落照，过横塘。远水静揉蓝，半随林隐，半被云藏。闲与岚行溪憩，恰嘤咛，鸟语巧如簧。柳色尚余暑气，荷衣初透新凉。

　　风吹浅律入清商，秩秩响疏篁。值今秋多事，谁人指鹿，何处亡羊。俗世若能蝉蜕，问何时，蝶梦水云乡。竹下敲棋不语，茗茶一缕烟苍。

烛影摇红·青青草

又到清明，莺啼浅树春深了。沿途光景一番新，石下苔钱小。雨过梨花绝倒，似飘零，故园梦杳。流年遗稿，客旅工愁，诗心易老。

欲诉慈恩，生涯还是当时好。满山湿影带残阳，坟上青青草。尘迹如何尽扫？洒竹枝，斑痕多少。那堪回首，几片纸灰，向人缭绕。

高阳台·湘弦

谁划天渊，一痕旷远，只教望眼难穿。数叠吟笺，如何封寄归船？料风雨那堪消受，度春秋，未惯随缘。问余生，多少波澜，独自周旋。

西风挟万卷诗叶，与清霜白露，吹落篱边。明日黄花，枝头抱梦深眠。三千里路从心上，二十年，灯到襟前。听泠然，指上离骚，按入湘弦。

高阳台·乘潮

云冷山容，天寒树色，几分落叶萧条。薄暮余晖，林杪一带光摇。烟深远岸菱歌举，与蒹葭，吹向横桥。忆曾经，所谓伊人，于焉逍遥。

诗余酒后徒追溯，觅竹间孤馆，松下疏寮。千古风流，只为山水折腰。人间若有归栖处，问沙鸥，何处招邀。恰长风，片月如舟，我欲乘潮。

高阳台·秋风

一派秋风，十分皓月，千江山影林篁。曲岸横塘，黄花澹薄凝香。南征雁向汀洲落，看银潢，淡扫穹苍。料姮娥，不耐沧桑，瘦减容光。

野云心地难拘系，对芳时胜概，盛世华章。楚瑟秦筝，为谁按捺清商。前缘旧约都抛了，莫留人，尘劫中央。怕相思，未改冥顽，又到伊行。

高阳台·诗俦

雪色才匀，北风次第，乾坤举白同浮。玉笛横吹，花发霜月当楼。数枝绰约如初见，料素馨，独树清流。正销凝，多少春秋，细话从头。

诗痕只向梅间看，共竹西蕴藉，江左淹留。孤馆溪边，冰笺万叠工愁。岁寒相对成依倚，在繁华，冷处优柔。忆前生，两地尘埋，一样灵修。

越溪春·桐树坪①

松塈竹林开景象，桐树野塘分。橘黄橙绿垂繁实，渐日华，光转风纹。田垄三千，莲峰十二，秋色无垠。

一衣带水缤纷。金穗叠层云。远村新寨白屋黛瓦，门前鹭鸟成群。邻舍炒茶香绕座，篱菊醉清芬。

---

①桐树坪：广东省揭阳市揭西县桐树坪村。

满庭芳 · 参商

北斗移杓，南箕扬簸，迢迢河汉微茫。乌升兔坠，又是隔年芳。更迭阴差阳错，因缘浅，在彼遐方。向谁诉，无边潮涌，风月付云章。

剩交游冷淡，难为物用，未济时康。问灵鹊于飞，孰与桥梁？独自天涯明灭，发如雪，心念成霜。纵千古，寒光不减，沧海已生桑。

念奴娇 · 嘱

乍寒天气，洒黄花黄叶，以诗为地。雾袂尘襟晨照里，同被西风牵系。淡影街头，凉飙树底，溶漾无涯际。踟蹰行踵，有人空自凝睇。

谁嘱毋虑毋忧，不离不弃，此约须常记。身世荣名都忘却，只许光阴流丽。高致追陪，清谈对坐，岁月终相倚。我心如水，与君长论深细。

念奴娇·途中

宁馨睡靥，清梦交睫，掩门间轻别。夜色阑珊街巷静，奔赴路灯明灭。树影纷扬，疏星寥落，卷北风寒冽。劲吹黄叶，乱抛词片诗屑。

远望荫翳重重，灵犀久昧，可有辟尘诀？事业功名皆绁绊，未许蜗居藏拙。个里因由，其中甘苦，怎与人分说。东方将晓，正闻汽笛声裂。

念奴娇·雨声初歇

雨声初歇，小楼东，一点丁香愁结。风皱银屏波万顷，堆起云山千叠。竹影斜飞，桐阴低转，林杪停霜月。数声啼鴂，境遥天水相接。

无奈浪迹人间，缘生缘灭，物象皆虚设。叹白雪阳春难和，曲意能同谁说。绿鬓先凋，朱颜易改，剩玉壶清绝。广寒宫阙，年年应悔离别。

念奴娇·缚

秋声又作，泛轻舟没入，烟深林薄。多少悲欢离合后，只剩风飘云泊。记忆悬丝，文章结网，难系斜阳脚。与谁曾约，涉江同采兰若。

堪叹菊径餐英，梧枝饮露，此意何疏略。几片花魂拈不起，中有伤心剥落。应世升沉，随时翻覆，都是人情恶。百年寥廓，一生常在缠缚。

念奴娇·缺月

北风吹彻，望西南城阙，东流呜咽。又几番春秋暗换，都付行踪车辙。细处推敲，难时漱炼，意气常磨灭。孰能清我，一时诗境中歇。

多少进退犹疑，是非休说，终究生涯拙。石上酒炉茶灶在，肝胆待君重热。似水襟怀，出尘韵致，且共梅花折。心期如月，觉来长是亏缺。

醉翁操·霜蒿

芦蒿，蓬茅，霜宵。染汀皋，津桥。三秋物象皆萧条。薄寒风雨离骚。丛菊凋，遗恨黯笙箫。那时分道曾举镳。

白沙绿沼，松楫兰桡。忘机鹭鸟，旷放江天寂寥。小月伶仃孤高。一缕诗魂谁招。向幽冥远迢。随云烟扶遥。胸臆绝尘嚣。此番独自来看潮。

永遇乐·的烁

林表揉蓝，余霞散绮，金乌西坠。橘浦兰洲，枫桥荻岸，的烁星河碎。蜀笺余墨，茶烟沉篆，帘卷几株苍翠。凭栏处，云生云灭，天边暗举风袂。

芸香四面，心灯一穗，交映月华如水。鸥鹭深盟，湖山小隐，旧约应难遂。菊花堪采，幽兰可佩，谁解个中清味。便由人，今宵独醒，明朝宿醉。

木兰花慢 · 湘灵

烟色匀螺黛，纫碧藻，佩寒渐。共林杪浮香，蹊边流艳，波面云驰。泣露修篁如簌，向湖滨，斜逸两三枝。苦节空怀幽怨，青衣渐覆霜丝。

斑斓印迹自迷离，岁月已潜移。正万籁无声，尘嚣不起，一念生时。弦断知音长绝，更鱼书，雁字总参差。淅沥潇湘夜雨，淋漓竹上新词。

水龙吟 · 中秋

等闲又，月圆时节，银汉冰轮浮桂。云横千里，星悬万仞，楼台烟水。红叶题诗，黄花携酒，清秋堪酹。叹物华吹渐，惹欧阳叹，子渊赋，青莲醉。

素志浮生难遂，剩无穷，枕边梦寐。胸中块垒，肩头负累，庭前露碎。镜里霜繁，葳蕤如缀，凭谁心会。有婵娟共我，云襟风袂，不沾尘味。

水龙吟 · 溯洄

灯梯直步天河去，掬取月明如水。诗芽词藻，情丝意絮，任吾淘洗。游弋尘寰，溯洄心海，云潮叠起。总事与愿违，情非得已，故长忤，当时意。

居与竹松邻比，共炎凉，清无涯际。镜中虚实，棋间得失，无由趋避。旧隐相招，九皋鸣鹤，五湖鸥戏。访江梅，纵使来生重约，一人而已。

声声慢 · 梅溪

习习谷风，以阴以雨，微茫烟树啼乌。向晚吹云为絮，瘦月成弧。在望重峦冷叠，白鸟归，野廓平芜。近岁暮，渐霜华湛露，竹木扶疏。

飞瀑流泉喷薄，萦回处，粗坑古寨深庐。绝缺雷音震触，万籁无拘。此去江湖契阔，别青山，以沫相濡。鉴灵韵，与临溪梅树，有德不孤。

声声慢·三月

柔条两岸，芳菲千树，扶摇鸥鹭成行。翠影浓阴深护，短蕙疏筐。风过残阳湿雨，远山长，波漾横塘。待拂拭，此灵台莹彻，明镜端方。

独向黄昏怅望，论平生，终究才命相妨。坠粉飘红，何事竞逐炎凉？已自华胥梦觉，悟红尘，虚幻无常。趁明月，掬行云流水，浣洗诗肠。

声声慢·红豆

当年豆蔻，种此相思，繁实浥露多时。兔坠乌升，篱角影划参差。吟魂飞上结梦，染朱砂，点点红滋。故久待，君来采撷，旦夕怀之。

无奈履霜冰至，零落处，今秋日渐衰迟。雁断鱼沉，信字又与谁期？翻黄叶抛残稿，掩风尘，客路支离。剩明月，泊空枝，如是我持。

喜迁莺·清唳

江天如洗，正暮色冥烟，余霞散绮。野望幽寻，早梅消息，簌簌飞花疑是。恰人在流年隙，坐看水穷云起。同此际，问芳华自弃，至今余几。

黄昏成独倚，澡雪饮冰，谁解离骚意。咏絮才工，生花妙笔，都付诗狂而已。至德无形难觅，大智若愚堪比。殊蕴藉，正襟怀冲淡，北风清唳。

水调歌头·秋响

梧叶窗前坠，雁影日边横。十年多少秋响，都向客中听。淡写兰亭遗墨，暗度竹林旧韵，风月付闲情。大梦何须醒，沧海我曾经。

争高下，分荣谢，较亏盈。休将无限烦恼，寄此有涯生。卜筑辋川图里，洗笔浣花溪畔，心地竞清平。片月无知己，千载只孤行。

水调歌头·长沙

江汉经流处，秀气入星城。金峰银岭，萋萋春草染芳汀。雾隐枫林深麓，霞蔚芙蓉别浦，北去橘洲平。长岛人歌远，鹤舞白沙明。

梧桐雨、梨花雪、杜鹃晴。楚天晚唱，两岸灯影竞娉婷。千古潇湘丝竹，八百洞庭风月，何处不关情。坐倚天心阁，一夜看潮生。

水调歌头·冬至

乾坤生浩瀚，山泽积寒光。已然冬雪节气，渐至履冰霜。边树群鸦聒噪，郊野百虫蛰伏，风暴若潜藏。豹变其文蔚，龙战起玄黄。

除巨蠹，擒猛虎，射贪狼。倡廉反腐肃正，享乐梦荒唐。休醉繁华景象，且听民间疾苦，勠力振颓纲。何惧满城雨，陵谷正沧桑。

水调歌头·清写

烟岚深蹊径，水墨澹云林。晚凉初霁，萍风萝月竞幽寻。隐约移宫换羽，仿佛和声步韵，低诉与知音。河汉从摇落，清写一张琴。

萤生草，莺迁树，鹤在阴。浮埃扑面，延溯旧迹再登临。尚有花魂无恙，留得诗心不改，淡看劫灰沉。流水横千古，我独滞于今。

水调歌头·端午

物候接清润，时雨助南薰。端阳佳节，彩丝缠粽艾悬门。榕叶圆阴正笼，榴花红巾欲蹙，栀子暗香匀。柔荑轻莺掠，细柳乱蝉喷。

九畹兰，三径竹，半江萍。怀沙涉水，举世未醒醉昏昏。夹岸锦旗催鼓，击水龙舟竞渡，遗俗祀灵均。千古离骚怨，直道久沉沦。

水调歌头·端午怀古

离骚虽古调，风雅至今传。百川舟楫竞渡，千载悼名贤。夙好餐英饮露，遗恨怀沙颂橘，去国倍忧煎。自清于斯世，独醒在人间。

制荷衣，纫兰佩，切云冠。决然沉思高举，天问著遗篇。灵与水仙山鬼，魂系河神海若，掩涕有余叹。端午成佳节，直道竟维艰。

水调歌头·诗流

丁香舒愁结，萱草解忘忧。蓦然回首，一世交分两绸缪。十里莺花渐老，万叠云山迟暮，何处撷芳柔？吹彻东风绿，人在白萍洲。

颜渊巷，元亮径，仲宣楼。孤心易感，千帆过影水天收。随物枯荣代谢，与世沉浮迁变，归计问沙鸥。星野横寥廓，明月共诗流。

水调歌头 · 遗音

远岱添新色，飞鸟有遗音。春秋更迭，风雨何物不相侵？燕市英雄把酒，楚帐霸王舞剑，千载发悲吟。微身托时运，末路问初心。

作云游，逐水逝，共陆沉。雅人高致，行迹无处可追寻。蕉鹿梦间得失，槐蚁境中荣谢，未许洒尘襟。百虑余茶味，万象隔桐阴。

水调歌头 · 木樨

沙洲秋露白，林麓晚烟苍。木樨繁花簌簌，金屑洒银潢。别具竹林标格，殊胜兰台风致，宛在月中央。续杯添茶味，开卷染书香。

九里松，三径菊，共微霜。檀心如水，孰与世味感炎凉。曾许不言为契，何必与之成说，落笔写疏狂。雁字归收去，遗墨接天长。

水调歌头·诗思淡于秋

黄花闲应采，霜叶醉相酬。珍珠帘卷天远，眉上黛烟浮。檐外山容静好，槛下泉声清越，竹隙碎光流。日影扶香篆，余韵泛茶瓯。

物华迁，尘虑歇，且优柔。三千笔底风月，云梦为谁留。半卷经翻道德，信手卦拈周易，藉此可忘忧。襟袖清如水，诗思淡于秋。

水调歌头·秋气

客念思何及，秋色已横分。零星檐角残雨，点破绿苔纹。极目层林霜染，万亩田畴露坠，黄叶下缤纷。片石溪山侧，独看水生纹。

一叶舟，五湖月，九皋云。岚光夕度，归棹渐入白鸥群。三尺琴留绝响，七碗茶回余味，兰桂暗香熏。风雅久不竞，谁与论斯文。

水调歌头 · 诗境

垂红荔低树，撼碧竹高林。白鸥飞处，晴峦空翠影沉沉。十二巫峰云与，八百洞庭风度，造化致幽深。湖山如相待，明月不堪寻。

伯牙琴，江郎赋，宋玉襟。遗篇犹在，古调沦落少知音。鬓上三千霜露，胸次一瓯冰雪，寂历以沉吟。笔墨成供养，诗境寄禅心。

水调歌头 · 迎新

寒随夜色去，年与晓光新。积阴将释，炎凉时味静中分。天地吟思长在，江海襟怀未改，已觉梦先温。相看人如故，多少事无痕。

辟鸿蒙，旋日月，转乾坤。千秋诗草，自有秀气透灵根。渐淡雪泥爪印，湮没溪山辙迹，都不染风尘。走过冰霜季，再历岁华春。

满江红·纪念抗日战争胜利七十周年

七十年来，未相忘，殖民耻迹。倭寇起，卢沟枪响，铁蹄声疾。万户萧疏余白骨，千秋社稷无完璧。更屠城，血影与刀光，苍生泣。

救亡史，英雄集。持久战，风云激。举四亿同胞，八载驱敌。建国重圆华夏梦，强军再铸神州脊。当感慨，发展步中兴，今非昔。

满江红·重阳

岁岁重阳，今又是，密云将雨。都吹作，浮霜槁叶，清商吟句。宋玉悲哉时渐老，廉颇饭否人迟暮。更多年，指鹿与凭狐，那堪顾。

当再有，苍生主。能无惧，风波路。向千秋不负，社稷坛土。武穆精忠情未已，文公忧乐思如故。对繁华，醉梦里江山，长凝伫。

玉蝴蝶·婵娟

秋气天涯先觉，将黄木叶，渐瘦林峦。银汉迢迢，星宿分野高悬。山遮断，八千云路，人倚遍，十二阑干。总无端，金风玉露，付与清寒。

纷繁，溪声幽咽，荷珠暗泻，竹泪偷弹。别梦宽长，转身容易住心难。叹今世，已成故事，料来生，各有新欢。待重看，年年明月，不是婵娟。

玉蝴蝶·早春

窗锁早春余映，瞻彼寒翠，思托遥岑。寄迹文章，且待慢酌轻斟。任烟云，覆翻如掌，历风雨，点滴于心。怎追寻，无情岁月，一往而深。

相侵，竹林诗友，兰皋赋客，难觅遗音。与世浮沉，百年万事落尘襟。未了悟，菩提般若，亦不拘，道德规箴。独沉吟，梅花岭下，鸣鹤之阴。

玉蝴蝶·有美清扬

　　向晚雨收雾敛，灯燃书案，月漾银潢。夜久更长，端凭玉尺难量。度春秋，游踪未定，涉江海，惯见无常。渐相忘，本来面目，别样心肠。

　　潜藏，幽欢旧赏，裁云剪月，补我诗囊。退避三分，人言深处隐锋芒。遣胸次，一抔白雪，却吟作，两鬓星霜。悄凝望，寒枝高处，有美清扬。

玉蝴蝶·斯文

　　白屋寒山邻比，岚烟夕见，涓滴时闻。片月疏星，怎得题赠于君？遁红尘，迹余鸿爪，趋云水，梦断鸥群。倍怆神，故园轻别，契阔江濆。

　　湮沦，十常九悖，百无一用，难说前因。世事纷纭，词英拾掇自为珍。失地利，竹心可剖，违天和，梅骨犹存。向黄昏。长留素愿，不负斯文。

玉蝴蝶·逆旅

孤浦野桥村外，几重山叠，半被云遮。岁月徒增，不意清减年华。剩灵泉，轻敲白石，余鸿爪，浅印黄沙。向谁赊，柔红满树，软绿无涯。

已遐，知音曾似，曲中公瑾，弦上伯牙。竟作飘零，心头梦寐眼前花。赴天地，同为逆旅，度春秋，仍是冤家。晚风斜，一般幽怨，两处咨嗟。

玉蝴蝶·迷津

去逐波间绿绮，桥根白石，风末青萍。如影随形，残月偏照离人。再回头，形同陌路，终放手，事作埃尘。与谁论，云渊有别，相见无因。

纷纭，肩头风雨，鬓边霜露，眼底星辰。故我思存，忘情一事也伤神。料难凭，梦中托梦，何须问，身后栖身。水潺湲，心无涯岸，便是迷津。

沁园春·秋

远岫凝岚，层林积翠，川溆萦流。渐月华垂练，蛩寒菊圃，蝉疏橘岸，雁断苹洲。庾亮登楼，曹公横槊，尽付功名与露沤。低徊处，酹酒临空阔，谁与吟酬？

扶风柳菀桑柔，共渊映清道几世修。对云山境界，烟霞踪迹，行藏用舍，澹虑无求。今日多尤，往时不谏，洒落阶前木叶秋。随风去，孑然何所似，一羽轻鸥。

沁园春·秋望

日影檐牙，沙鸥闲适，山水清嘉。看林峦高耸，悬垂橘柚，汀洲低阔，掩映蒹葭。陶令东篱，谢公林墅，风涌云潮覆万家。已多日，似川流放逐，人在天涯。

苍梧软草晴沙，向迟暮，墟烟一径斜。料难填恨海，偏劳精卫，情天未补，留待女娲。庾信伤秋，江淹赋别，个里愁怀归望赊。待何夕，再西窗剪烛，与子烹茶。

沁园春·随感

——写在南京公祭之后

野廓空寥，冻云堆雪，冷月沉钩。怅岳飞祠庙，兵书安在，荆轲坟土，剑履谁收？辱国条约，殖民历史，一卷舆图离散愁。鼓鼙起，更八年战火，祸肇卢沟。

伫望沧海横流，正呼啸，北风拍戍楼。叹型男潮女，沉迷物欲，英雄志士，湮没荒丘。道德沦亡，是非颠倒，竞逐倡优作效尤。问太史①，汝执春秋笔，怎写春秋？

---

①太史：古代官名。三代（夏、商、周）为史官及历官之长。掌管起草文书、记载史事、历法、祭祀等事。秦朝称太史令，汉朝属太常，掌天文历法。《史记》作者司马迁的官职即为太史。

沁园春·烹

旅次郊村，雨夕霜晨，都是寒声。问何时能觅，今生乐土，凭谁可解，昨日愁城。尺幅容量，寸心律度，没世无名却有情。经年惯，把人前得失，任后人评。

残更雪屋青灯，呵手展冰笺落笔耕。料灵源未肯，随大流去，诗材尽放，作小鲜烹。物外神游，尘中感应，多少风怀别赋兴。唯余事，遍寻长短句，倚短长亭。

沁园春·聆

海市边城，薄寒天气，欲雨常阴。料山林歧路，无须致问；风尘衣履，何处浮沉。顾曲周郎，挑琴司马，曾有人知弦外音。且聆听，应相忘过往，不论如今。

回头一梦难寻。惜两鬓，那堪百虑侵。纵与二三子，渐行渐远；余千万绪，弥久弥深。泡影前欢，波澜后患，杯底江湖独自斟。同谁说，证云心无我，云我无心。

沁园春·虚枨

残雪门庭，小寒节候，梅补虚枨。正松涛千叠，扬声作籁，岚烟四合，守口如瓶。三世业中，一生痴处，谁与前盟笃后行。灯花落，趁无愁拘系，有梦轻灵。

茫茫沧海曾经，历多少，风霜不可名。纵褐衣之往，独怀恻恻，青衫为湿，相惜惺惺。扰扰尘劳，纷纷俗虑，唯对溪山两忘形。羁旅久，数新痕旧辙，都是伶仃。

沁园春·覆

白鸟低回，遥山错落，远树参差。正瞻乎江岸，其波渺渺，思之故土，彼黍离离。凭两三杯，咽千万事，雨打风流竞一时。休回首，已音尘约略，人物依稀。

问谁解透灵犀，名和利，平生本不羁。论寒从根起，何须把脉，情于别后，只合观棋。未放襟怀，偏劳行脚，身上梅花覆雪泥。与天地，共红装素裹，岂曰无衣。

沁园春·漆园

暑气郁蒸，炎方积雨，热浪同浮。有巡檐竹木，其清如水，翻波菡萏，色淡如秋。客路劳形，穷忙度日，往事三千不溯流。乱蝉歇，试临风开卷，作古人游。

白云乡里温柔。把岁月，天涯一梦收。笑尘间骨相，元非本有，胸中气象，不在他求。画饼声名，幻沤身世，悟到无为始自由。几时又，向漆园化蝶，我是庄周。

沁园春·不尘

莫困于心，无耽于物，我欲不尘。见往来路上，白茅可藉，行吟泽畔，绿蕙堪纫。细水沙鸥，香泥社燕，渐有花开即是春。悄弹指，任情怀依旧，天地翻新。

多年以梦为邻，料梦醒，孑然剩此身。论寻常用舍，未能免俗，只今歌哭，谁与存真。倦笔重拈，柔肠再结，句里相思局外人。风剪剪，把一般滋味，两处平分。

沁园春·静缘

拟学陶潜，自甘心远，何妨地偏。更孤行时与，烟霞邂逅，客途每见，日月周旋。小雅轩窗，清华水木，叶底光阴绿到天。空凝睇，任长风拨乱，往事三千。

尘埋我已多年，把毁誉，纷争付淡然。趁黄粱未熟，耽槐蚁梦，青灯半灺，问野狐禅。大道无形，此身非有，只与溪山结静缘。怎分说，论个中一味，不在言传。

沁园春·西坑梅

题记：本首词为参加2016年揭西县梅花诗赛应制。

百越之东，五岭以南，客尚天涯。有左经右史，诗书奕世，前槐后竹，清白传家。僻地归耕，深溪问钓，一卷春秋雁字斜。何须道，任江山易代，淫雨交加。

从来不羡繁华，更峰护云藏似笼纱。正寒枝修洁，林堆晴雪，幽香淡远，风漾明霞。影补疏篱，韵涵曲径，掩映西坑①古意赊。长凝睇，论心头知己，只许梅花。

疏影·菊花

秋容澹与，看庭除野廓，余晖凝伫。萧飒梧桐，冷浸芙蓉，黯黯菰云芦絮。霜繁三径正愁予，疏枝发，清商深贮。傲西风，一缕芳魂，销得黄昏几度。

方寸冰心细叠，举寒香半蟹，幽思谁诉？倚石聆泉，饮露餐风，留得古今诗赋。人如菊淡谁能采，风里落花迷归路。记明月，曾约东篱，携隐露华深处。

---

①西坑：广东省揭阳市揭西县西坑村，为客家村落。

贺新郎·清夜

　　光影寒相射，碧宇低，峰岚若举，云涛初泻。渌水粼粼星宿动，萤流画廊曲榭。有桂子，香浮清夜。烟缕霏微灯火烬，恰来仪，月色摩窗罅。槐蚁梦，忽惊诧。

　　春秋嬗替如传舍。正凝眸，世相镜中观化。未必好风能惠我，诗材向天可借。慨然赴，广平之野。泉石盟，湖山约，待霜花露叶都消谢。尘外趣，独凭藉。